アメジストの甘い誘惑

アメジストの甘《あま》い誘《ゆう》惑《わく》

宮《みや》本《もと》れん
ILLUSTRATION：Ciel《シエル》

アメジストの甘い誘惑

LYNX ROMANCE

CONTENTS

アメジストの甘い誘惑

真夏の太陽が容赦《ようしゃ》なく照りつける。

熱を溜めこんだアスファルトからはゆらゆらと陽炎《かげろう》が立ち上り、見ているだけでも眩暈《めまい》がしそうだ。

片手で庇《ひさし》を作りながら暁《あかつき》は日本晴れの空を見上げた。

子供の頃は天気がいいというだけではしゃぎ回ったものだけれど、大学生ともなればそうもいかない。今日のように荷物が重い日はなおさらだ。雲でも出てくれれば少しは日差しも弱まるのになと心の中で苦笑しつつ、分厚《ぶあつ》い本を抱え直した。

手にしているのは民族史の原書だ。レポートの課題が出たのを機に思い切って図書館から借りて来た。幼い頃から英語に慣れていることもあって洋書自体に抵抗はないが、この手の本は得てして重いのが難点だ。

肩を竦《すく》め、大通りを横道に逸《そ》れる。わずかな日陰にほっとしながら歩いていると、後ろから誰かが走って来る足音が聞こえた。

キャンパスの周りは緑豊かなこともあり、朝夕にはランニングする人をよく見かける。運動サークルだけでなく、健康作りのために走っている地域住民も多いようだ。

この暑い中、頑張るなぁ……。

ぼんやりとそんなことを思いながらランナーが追い越して行くのを待つ。

けれどその人は追いつくなり、綺麗な英語で「助けてくれ」と言ったのだ。

「え？」

驚いてふり返ると、見覚えのない外国人が息を弾《はず》ませていた。

自分よりゆうに二十センチは長身だろうか。白いシャツにスラックスというシンプルな服が却《かえ》って均整の取れたプロポーションを際立たせている。その彼が纏《まと》う凜然《りんぜん》とした雰囲気に同じ男ながら目を奪われた。

スモークがかった金髪、透き通ったアメジストの瞳。華やかで大人っぽい容姿はまさに憧れそのもので、そんな相手が目の前にいることに思わずぼうっとしてしまう。

黙ったままの暁に焦《じ》れたのか、男性はさらに言葉を継いだ。

「私の言っていることがわかるだろうか？」

「え？　あ…、はい」

戸惑《とまど》いながらも頷《うなず》くと、相手は「よかった」と表情をゆるめる。ようやく言葉が通じる人間に出会えてほっとしたのかもしれない。男性はさらに距離を縮めると小声でもう一度助けを乞《こ》うた。

「すまないが、人に追われているんだ。どこか隠れられる場所があると助かるんだが……」

「じゃ、じゃあこっちへ」

突然のことでどうすればいいのかわからないまま、とりあえず裏道に促《うなが》す。人ひとりがやっと歩けるような狭い路地裏だ。通り側に自分が立てば目隠しぐらいにはなるだろう。

「これでなんとかなると思いますけど、念のため奥まで行きましょうか」

「わかった。ありがとう」

男性は礼を言いながら素直に従った。

しばらくじっと息を殺す時間が続く。もともと人通りが少ないということもあってか、今のところ怪しい人影はなさそうだ。注意深く辺りを見回しながら暁はふと、男性の素性《すじょう》に思いを馳《は》せた。

追われてるって、どういうことだろう……。

なにか危ないことにでも巻きこまれてしまったんじゃないかと不安になった時だ。

「連れに内緒で散歩しようとしただけなんだ」

暁の心を読んだように男性が口を開く。

「散歩？　それでこの騒ぎなんですか？」

相手は「困ったものだ」と言いたげに大袈裟《おおげさ》に肩を持ち上げてみせた。

「仕事の合間に一息吐《つ》く時間くらい、欲しいと思っても罰《ばち》は当たらないだろう？　それなのになんだかんだと詰めこもうとするから、ついフラッと出て来てしまった」

「なんですか、それ」

「私にとっては大事なことだぞ」

どこか悪戯《いたずら》っぽく見える表情につられ、暁も苦笑に眉を下げる。

「実は、なにかの事件絡《がら》みなんじゃないかって、ちょっと焦《あせ》ってました」

「不安にさせてすまなかった」

男性は壁に寄りかかり、呑気《のんき》に口端を持ち上げた。

「連れは今頃、躍起《やっき》になって私を探し回っているだろうな」

「戻らなくていいんですか」

「たまのわがままぐらい大目に見てくれるさ。ささやかな抵抗の証《あかし》に、携帯の電源は切ったから」

そう言って、ポケットから物言わぬ電話を取り出してみせる。楽しそうに笑うのを見ているうちになんだかおかしくなってしまい、暁も思わず噴《ふ》き出した。大人っぽい第一印象だった彼は話してみると案外気さくで、飾らない性格の持ち主のようだ。

「じゃあこれは、ちょっとした隠れんぼってことですね」

「なるほど。ものは言い様だ」

男性がうれしそうに含み笑う。初対面にも拘《かか》わらず弾む会話が心地よくて、暁もまた相好《そうごう》を崩した。

「そういえば君は、随分綺麗なブリティッシュ・イングリッシュを話すんだな」

「ありがとうございます。父が喜びます」

首を傾《かし》げる相手に、暁は「父親がイギリス人なんですよ」とつけ加える。

「そうか。どうりで透き通った白い肌をしていると思った」

確かめるように頰に手を伸ばされる。指先が触れた途端、なぜかドキッとしてしまい、暁は慌てて目を逸らした。

「あぁ、すまない。日本では無闇《むやみ》に人に触れるのはよくないんだったな」

「あ……」

手のひらがすっと離れて行く。つられて顔を上げると、苦笑するアメジストの瞳と目が合った。

嫌だったわけじゃ、ないんだけどな……。

やけに高鳴る胸を抑《おさ》えながら心の中で独りごちる。そう、嫌だったわけじゃない。ただ照れくさかったのだ。けれどそれを説明するのもまた恥ずかしくて、ごまかすようにぶんぶんと首をふった。

「大丈夫です。俺、大学でそういうの慣れてますから」

「大学？　外国人の友人でもいるのか？」

暁は頷きながら通りの向こうの校舎を指す。

「俺、そこの国際大学に通ってるんです。クラスの半分は日本人ですけど、あとはアメリカやカナダ、オーストラリア、スペイン……あちこちからの留学生です。いろんなやつがいておもしろいですよ」

任侠《にんきょう》映画好きが高じて日本に来たというアメリカ人や、落語で日本語を覚えたせいで江戸《えど》っ子口調のスペイン人、フィンランドから来た友人に至っては真顔で忍者になりたいと言っていたっけ。

「楽しそうだな。それなら逆に、外国に留学してみようとは思わなかった？」

「それも考えたことはあったんですけど……俺、バックパッキングが趣味で」

「大きなリュックを背負って旅行する、あれか？」

「ええ。留学だと行ける国が限られるけど、旅行なら世界のあちこちに行けるでしょう？　バックパッカーは自分の足で歩く分、現地の人と触れ合うことも多いんです。道端でなにげない話をしたり、ご飯の支度《したく》を手伝ううちに相手を通してその国のことをもっと好きになる――そういうのが魅力なんです」

そうやって、学校だけでは学べないたくさんのものを得てきた。

「まぁ、バイト先の友達に言わせれば、俺は落ち着きのないやつってことになりますけどね」

年中どこかを放浪《ほうろう》していればそう言われてもしかたがない。

苦笑する暁に、男性はますます興味を引かれたというように身を乗り出した。

「失礼だが、年齢を聞いてもいいだろうか」

「先月二十一歳になったところです」

「嘘だろう!?」

男性は驚きに目を瞠《みは》る。予想していた反応ではあるけれど、大人の魅力あふれる相手に言われると
それなりにグサッと来て、暁は頬を膨《ふく》らませた。

「……童顔だって言いたいんでしょう」

「いや、そんなことはないんだが」

「俺だって、あなたみたいな格好いい大人の男になりたいですよ」

「そう言ってくれるのはうれしいが……私は、君は充分魅力的だと思う」

「え？」

あまりに意外な言葉に目をぱちくりさせる。するとそれがおかしかったのか、男性は小さく笑いな
がら言葉を継いだ。

「なにも大柄《おおがら》で逞《たくま》しいだけが男じゃない。自分を持っていることが大切なんだ。君の話を聞いて、そ
の考え方が素晴らしいと思った。二十一歳というのはそれに対して驚いたんだよ」

なんだかすごく褒《ほ》められている気がする。照れくさくなって俯《うつむ》くと、それを追いかけるように黒髪
がサラサラと頬に落ちた。

身体測定のたびに精一杯背伸びをするものの、何度計り直しても一六五センチで止まった身長は男
としては些《いささ》か低い方だ。特に留学生たちと一緒にいると頭半分は埋もれてしまう。黒目がちの大きな

目で見上げることで幼く映るのか、子供にするように笑いながら頭を撫でられることもままあった。

そんな自分にとって、男性の言葉は思いもよらないものだったのだ。

「えっと、その……ありがとうございます」

はにかみながら顔を上げると、男性はうれしそうに白い歯を見せた。

「私はレオナルドだ。君の名を教えてくれないか」

「暁です。遠野《とおの》暁」

「アカ…ツ、キ？」

「アキでいいですよ。大学でもそう呼ばれてますから」

自分の名前が外国の人間にとってかなり呼びにくいものらしいというのは、悲しいかな、父親で実証済みだ。彼は愛息子《まなむすこ》に名をつけておきながら専《もっぱ》ら愛称で呼んでいる。

そう言うと、レオナルドは意外そうな顔をした。

「なぜ、その名をつけたのだろう」

「父がですか？」

「呼びにくくてもつけたかったのには、なにか特別な思い入れがあるんだろう？」

レオナルドに気負った様子はない。初対面の相手になぜそんなことを聞くのだろうと少しだけ疑問に思ったものの、静かに答えを待つ彼を見るうちに自然と口が開いた。

「その、俺が言うのもちょっと恥ずかしい話なんですが……」

小さく息を吐いて気持ちを整えると、暁は思い切って名前の由来《ゆらい》を語りはじめた。

「父はもともと、イギリスで地質学調査を行う研究員でした。でも、父の研究は見こみがないと言われていて、何度論文を発表しても誰も相手にしなかったそうです」

今でこそおだやかに当時をふり返る父も、当時は堪《こた》えたに違いない。

「それでも父は諦《あきら》めませんでした。そんな時、父の論文に感銘《かんめい》を受けて遥々《はるばる》海を渡った女性がいた。それが俺の母なんです」

当時大学生だった母親は父の助手になり、それからはふたりで研究を行った。資金の乏しさからなかなか思うように調査が進まず、家賃を滞納してアパートを追われることもあったという。

「お金を切り詰めるために一緒に住んで、衣食住をともにして……。それでもまだロマンスは生まれなかったたっていうんですから気の長い話ですよね」

「それで、どうなったんだ」

「出会ってから三年が経った頃、きっかけがあったって聞いてます」

調査のためにアヴィという村を訪れたふたりは、これまでの研究結果を裏づける大きな発見に真夜中まで夢中で作業をしたという。

「ふと見上げた空には満点の星が輝いていて、それはそれは綺麗だったそうです。そうして星を見ているうちに、段々と夜が明けていって……」

東の空が白みはじめた時の感動を小さい頃からくり返しくり返し聞かされて育った。そのおかげで、目を閉じればまるで見て来たかのように美しい朝焼けを思い浮かべることができる。

「それを見ているうちに、唐突《とうとつ》に、この人と一生一緒にいたいと思ったそうです。それで、その場でプロポーズを」

母はかなり驚いたと言っていた。けれどなぜか笑いがこみ上げ、承諾《しょうだく》してしまったのだという。

「夜明けのことを、日本では『暁』というんです。だから父はどうしても俺にこの名前をつけたいと言って聞かなかったようですよ」

「夜明け……」

口の中で呟《つぶや》くなり、思うところがあるのか、レオナルドは何度も小さく頷いた。

「すみません、長々と……」

「いや、素敵な話を聞かせてくれてありがとう。経緯を知ると、やはりアキと呼ぶのはもったいない気がするな」

「そう言ってくれて俺もうれしいです。レオナルド」

多少の気恥ずかしさはあるものの、両親から贈られたこの名前は自分でも大切に思っている。レオナルドの言葉に自然と笑みが零れた。

だが彼は、急に真面目な顔になる。

「私のことはレオでいい。呼んでみてくれないか」

なにか拘《こだわ》りでもあるのか、レオナルドはじっとこちらを見つめたままだ。それを少し不思議に思いながらも暁は望まれたとおり呼び名を変えた。

「……レオ」

その瞬間、レオナルドがふわりと相好を崩す。溶けてしまいそうな極上の笑みに、思わず息を止め

て見入ってしまった。

「お返しに、私の名前の由来を教えよう」

「レオの？」

「あぁ。レオナルドという名は、ラテン語で『獅子』を意味するLeoから取っている。私の父がつけてくれた」

「獅子かぁ。かっこいいですね」

「強さと賢さを意味するそうだ。常にそう在《あ》ろうと心がけてはいるが、なかなか難しいものだな」

苦笑する横顔に引きこまれる。理想と現実の間でもがきながら、それでも気品を失わないレオナルドこそ理想の大人の男に見えた。

「レオが百獣の王というのはわかる気がします」

「そんなにすごいものじゃない。手の届く範囲しか守れないただの男だ」

「それでも、守られる人にとってレオは立派な獅子だと思いますよ」

「アキ……」

レオナルドはこちらを向いたまま微動《びどう》だにしない。じっと見つめていたかと思うと、やがて小さく首をふりながら息を吐いた。

「お、俺、なにか変なこと言いましたか」

「いや。……ありがとう」

切れ長の目がやさしく細められてゆく。彼はうれしい時こうするのだと気づき、暁もまた頬をゆるめた。

――どうしてだろう。出会ったばかりの相手なのに、もっといろんな顔を見たいと思ってしまう。もっとたくさん話をして、もっと彼を知りたいと思った。

「私たちは互いの名前を教え合った。だからこれからは、気兼《きが》ねなく話をして欲しい」

「レオ？」

「敬語は無しだ。いいね？」

年上の相手にそう言われて一瞬ためらったものの、思い切って頷く。「よかった」と破顔するレオナルドを見ているうちに、またひとつ近づけたような気がしてうれしくなった。

「ところでレオは、日本には仕事で？　日本に住んでいるわけじゃないんだよね？」

「あぁ。明日の夕方まで滞在している。その後はおとなしく国に強制送還だ」

「ふふ。飛行機の中でお説教されたりして」

「勘弁《かんべん》してくれ。本当にそうなりそうで恐い……」

頭を抱えるレオナルドにくすりと笑う。

「レオが怒られてるところなんて想像つかないなぁ」

「これでも小さな頃は毎日スパルタだったよ。フォークの正しい取り上げ方から、ベストのボタンの留め方まで……」

聞いているだけで「うっ」と言葉に詰まる。それを見下ろしながら、レオナルドはおかしそうにくすくす笑った。

「しきたりのようなものだからな。慣れればなんとかなる」

「レオの家は厳格なんだね。うちとは大違い。自分の好きなようにやれっていうのが唯一のモットーだったから……」

それなりの一般常識を持って育てられたと思いたいが、熱心な研究者と変人が紙一重《ひとえ》という事実を身をもって痛感している。

それを聞いたレオナルドはおだやかに目を細めた。

「それだけお互いを信頼しているということだろう？　アキの家は家族仲もよさそうだ」

「それは確かにね。レオは？」

「うちも両親は健在だ。兄弟も多いし、従兄弟《いとこ》や叔父夫婦も一緒に住んでいる」

「そんなに！」

思わず目が丸くなる。最近じゃ核家族化が進んでいると聞くけれど、レオナルドの国ではまだまだ大家族が一般的なのかもしれない。

「何人兄弟？」

「四人だ。弟がふたりと兄がひとり」

「俺ひとりっ子だから羨《うらや》ましいなぁ。特にお兄ちゃんが欲しかったんだよね。仲はいい？」

「……それなりに、な」

レオナルドの目が、ふっとどこか遠くを見る。慌てて瞬《まばた》きをした時にはもうもとの彼に戻っており、見間違いだったのかもしれないと思い直した。

「そんなにたくさんで住んでたら毎日賑《にぎ》やかなんだろうね。家も大きいんだ？」

「まぁ、部屋数はあるな」

「ご飯とかも大変だろうし」

「いや、皆が一緒に食べることはあまりない」

「そうなんだ？」

家族がバラバラに食事をすることになんとなく違和感を覚えたけれど、逆にそんなにたくさんの人間が一度に食事を摂《と》るとなれば、今度は場所や準備が大変だろう。そんなことをつらつらと思い巡らせていた暁は、ふと、先ほどレオナルドが言った『しきたり』という言葉を思い出した。

「そういえばうちにも決まりがあった」

「決まり？」

「うちはいつも、三人揃わないと『いただきます』しちゃいけないことになってたんだ。子供の頃はなんでそんなことするのかと思ってたけど、今は家族みんなでご飯を食べるのっていいなって思う。……ひとり暮らしするようになってつくづく感じたんだけど」

あったかいご飯が出て来るだけでもありがたいしね、と肩を竦める。なにせ得意料理と呼べるものは数えるほどしかない。

苦笑しながらレオナルドの方を見ると、どことなく元気がないようだった。

「アキの周囲はいつもあたたかそうだな」

「え？」

「ご両親と三人の食卓があって、大学では仲間にも恵まれて、アルバイト先にまで友人がいると言っていたな。そんな話を聞いていると、皆に愛されているアキが羨ましくなる」

「レオ……」

どこか寂しげな表情に胸の奥がざわっとなる。ついさっきまで楽しく話をしていただけに、不意に目にした翳《かげ》りに狼狽《うろた》えた。

羨ましいって、どういう意味だろう……？

自分の目にはレオナルドこそ完璧な男に映《うつ》る。初対面の相手とだってこうして和《なご》やかに話すぐらいだ、彼を慕う人間は多いに違いない。たくさんの家族に囲まれ、大きな家に暮らすというレオナルドが漏らした言葉の真意がわからず、暁はそれを探るようにじっと相手の顔を見上げた。

アメジストの瞳がわずかに揺れる。けれどそれも一瞬のことで、レオナルドはすぐに柔和《にゅうわ》な表情に戻った。

「なんでもない。おかしなことを言ったな」

「それは、いいけど……」

話はそれきり打ち切られる。なんとなくすっきりしないままの暁の気を逸らすように、レオナルドはポンポンと肩を叩いた。

「それより、そろそろいい頃合いだと思うぞ」

「え？」

「すっかり忘れてたって顔だな。私を追って来た連れは、諦めて帰っただろうと言ったんだ」

「あ……」

そういえば隠れてたんだった。

口を突いて出た答えに、レオナルドは「しょうがないな」と肩を竦めた。

「だって、こんなに話しこむと思わなかったんだもん」

「私もだ。久しぶりにしがらみを忘れて楽しかった」

「レオは後で怒られる運命だけどね」

「それは思い出させないでくれ……」

がっくりと肩を落としてみせるのがおかしくて、悪いと思いつつ噴き出してしまう。そんな戯《おど》けた仕草も、困ったように笑うのですら、レオナルドがやると余裕たっぷりに見えるから不思議だった。凜とした雰囲気も、おだやかな表情も、時々遠くを見るような眼差《まなざ》しにさえ引きこまれる。彼を知ればば知るほど興味は募《つの》るばかりだった。

もっと一緒にいられたらいいのにな……。

自然とそんな気持ちが湧《わ》き起こる。追っ手をかわす役目を終えたとはいえ、すぐに「それじゃ」と別れてしまうのがなんだかもったいなく思えたのだ。

「あの、レオ……」

思い切って口を開きかけた時だ。

「わっ」

盛大に腹の虫が鳴る。授業が長引いたおかげで昼食を摂り損ねたことが仇《あだ》になったようだ。

「さすが成長期だな」

さっきのお返しとばかりにからかい返され、思わず顔が熱くなる。照れ隠しに睨《にら》んでみても空腹感に襲われていては迫力もなかった。

「よかったらこの後食事でも、と誘いたいところなんだが……」

「え？」

期待に声が弾んでしまう。けれど身を乗り出す暁とは裏腹に、レオナルドは申し訳なさそうに顔を曇らせた。

「残念ながら日本円を持ち合わせていないんだ。散歩のつもりでカードも全部連れに預けて出て来てしまって……。せっかく助けてくれたのに、礼もできずに心苦しい限りだ」

「なんだ、そんなこと」

「アキ？」

「それなら家に来ればいいよ。ひとり暮らしだから気兼ねしなくていいし、ちょっと狭いけど、それでよければ」

むしろ自分からもっと話そうと誘いたかったくらいだ。

そう言うと、レオナルドはパッと顔を輝かせた。

「ぜひ、喜んで」

もう少しだけ一緒にいられる。

逸《はや》る気持ちを抑えながら、暁はアパートへの道を急いだ。

「二階の一番端が俺の部屋だよ」

「ここがアキの家か……」

大学から歩いて十分のワンルーム。

新築物件というのが売りの、どこにでもある学生向けの安アパートだ。それをしみじみと見上げられるとなんだか面映《おもは》ゆくて、「ほら早く」とわけもなく急《せ》かしてしまう。

部屋に通すなり、レオナルドは驚いたように辺りを見回した。

「これはすごい。必要なものが全部コンパクトにまとまっているんだな」

「ひとり暮らし用のアパートだからね。ガスレンジも小さいし、ユニットバスだし」

物珍しそうにキョロキョロしているレオナルドに、そういえば彼の家は広かったのだと思い出す。

こういったタイプの家には住んだことがないのだろう。

「それならレオ、ロフトって知ってる?」

「ロフト?」

不思議そうに首を傾げる相手を手招き、天井辺りを指してみせる。

作りつけのクローゼットの上には一畳半ほどのスペースがあり、梯子《はしご》で昇り降りするようになっている。ロフトつき物件自体はそう珍しくもないが、天井に設《もう》けられた小窓から空が見えるのが気に入ってこの部屋を選んだ。

レオナルドは説明の途中にも拘わらず、もう梯子に手を伸ばしている。

「楽しい家だな」

軽い身のこなしであっという間にロフトを陣取ると、得意げな顔で見下ろしてきた。

「こんなのははじめてだ。なんだかわくわくする」

「でしょう？」

暁も梯子を昇り切り、ラグの上に並んで座る。

「俺、ひとり暮らしするなら絶対ロフトが欲しかったんだ。狭いんだけど、それが逆に秘密基地みたいでいいなぁと思って。ここからは星も綺麗に見えるし、眠れない夜も悪くないって思えるよ」

「あぁ、本当だな。空がよく見える」

中央に空けられた窓を覗《のぞ》きこむようにレオナルドの身体が傾ぐ。わずかに肩が触れ合い、彼の匂いがふわりと鼻孔《びこう》を擽《かす》めた。トワレだろうか、サンダルウッドを思わせる神秘的な香りに胸底を静かに揺すられる。

「どうかしたか？」

耳元で低く囁《ささや》かれ、なぜかやたらと心臓が鳴った。このままではレオナルドにも聞こえてしまいそうで慌てて梯子に手を伸ばす。

「アキ？」

「ご、ご飯作るね」

急いでフローリングに降りるなり、バタバタと廊下に飛び出した。

玄関とワンルームの間には、向かって左側にユニットバス、右側に申し訳程度のキッチンがある。冷蔵庫を開けながらメニューを算段した暁は、卵に鶏肉、それとタイミングよく買っておいた三つ葉を取り出した。炊飯器のスイッチを入れ、涙を堪えてタマネギを切る。

かくして四十分後には、親子丼と味噌汁がテーブルに並んだ。

「すごいな。あっという間だったじゃないか」

目をキラキラさせているレオナルドに「時間だけはね」と苦笑しつつ、冬は炬燵《こたつ》、夏はテーブルとしてオールシーズン使っている座卓の向こうとこちらに向かい合う。

「豪華なディナーでなくて申し訳ないけど……」

「そんなことない。アキが作ってくれたんだ、ありがたくいただくよ」

「じゃあ、『いただきます』しよう」

ふたりで声を揃え、日本語で『いただきます』と手を合わせると、それだけであたたかい気持ちになった。

レオナルドは箸《はし》の使い方がうまく、汁椀《しるわん》の上げ下ろしもきちんとしている。じっと見つめていると視線に気づいたのか、彼はふと箸を止めた。

「どうした？」

「いや……綺麗だな、と思って」

言ってしまってから、おかしな返事だったかもしれないと内心焦る。けれど彼の周囲だけ空気が違って見えるのは本当だ。まるで生まれついてのもののように、レオナルドはなにをしていても常に上品さを纏っていた。

　レオナルドは椀を置き、くすりと笑う。

「アキも料理上手だな。とてもおいしい」

「ほんと？　お世辞《せじ》でもうれしいな」

　苦笑ついでに鼻の頭に皺《しわ》を寄せてみせると、レオナルドは大真面目に首をふった。

「お世辞なんかじゃないぞ。そもそも、私たちはさっき会ったばかりだろう。それなのに私が現金を持っていないと知った上でここまでしてくれて、むしろとても驚いている」

「なんだ。そんなこと気にしなくていいよ」

　少し照れくさいんだけど、と前置きしながら口を開く。

「俺がバックパッキングであちこち行くって言ったの、覚えてる？　遠い国からわざわざ来たのかっていろんな人に親切にしてもらったんだ。お金ないよって言っても構わずご飯食べさせてくれたり、泊めてくれたり……。そういう親切がすごくありがたかったから、今度は俺が返す番かなって」

「アキ……」

「そういうのって、なんだかいいと思わない？」

「わかった。ありがとう」

　微笑みながら頷くレオナルドに背中を押されるように、暁は思いつくまま旅先での出来事を話して聞かせた。

　ヒッチハイクに失敗してオランダに行くはずがベルギーに着いたこと、安宿で意気投合したドイツ人とフランスでばったり再会してうれしかったこと、旅先で知り合った男性とクラスメイトが実は兄弟だとわかって驚いたこと――取り留めのない話にも拘わらず、レオナルドは相槌《あいづち》を打ちながら楽しそうに耳を傾けてくれる。自分のちょっとした一言で彼が笑ったり驚いたりするのがうれしくて、暁もついつい饒舌《じょうぜつ》になった。

こんな時間がずっと続けばいいのにな……。

胸の奥が擽《くすぐ》ったくなるような不思議な感覚。ふわふわとした心地のまま、どれくらいそうしていただろう。ふと気づくと窓の外はだいぶ薄暗くなっていた。

「わ、ごめん。こんな時間だ。お連れの人も心配してるよね」

「そうだな。そろそろ連絡しておかないと後が怖い」

悪戯っぽく肩を竦めながらレオナルドは電話をしに外に出て行く。彼がいなくなった途端、シンとした部屋がやけに広く思えて暁はウロウロと視線をさまよわせた。

この家に誰かが来たのは別にはじめてのことじゃない。課題の時期ともなれば友達が入れ替わり立ち替わり宿代わりにしたし、ひとり暮らし同士集まって鍋をする時も暁の家が候補に挙《あ》がった。いつもと同じはずなのに、どうしてだろう、レオナルドだけはなにかが違う。いなくなっただけで残り香を探してしまいそうになる自分がいた。

大人の男にふさわしいおだやかな表情、やさしい眼差し。そうかと思うと子供っぽい一面を覗かせ、うれしくて堪《たま》らないと目で語る。そんな彼を形作るひとつひとつをもっと隣で見ていたいと思ったけれど。

帰っちゃうんだよな……。

そう思った途端、寂しさのようなものがこみ上げる。レオナルドと過ごす時間が心地よかっただけに、それが終わってしまうことが惜しかった。誰かに対してこんな気持ちになったのははじめてで、自分でもよくわからないまままため息を吐く。

玄関の開く音がして、レオナルドが戻って来た。

「どうだった？」

レオナルドは心配いらないというように頷いてみせる。

「なんとか明日の昼まで休暇を奪取した。だからアキさえよければ、もう少しいさせてくれないか」

「ほんと？」

思わず腰が浮いた。

「それなら泊まって行かない？　俺が遅くまで引き止めちゃったわけだし。もちろん、レオが嫌じゃなければだけど……」

うれしさのあまり早口になる。それを恥ずかしいと思う間もなく、レオナルドは蕩《とろ》けそうな笑みを浮かべた。

「嫌なわけなんてないよ。ありがとう」

追っ手を撒《ま》く時に随分走ったというレオナルドは、はじめこそ風呂を借りることに遠慮があったようだが、「ユニットバスに入る経験なんてこの先ないかもしれないよ？」と言うと案外あっさり提案に乗った。

相手に着替えを用意し、暁も交代でシャワーを浴びる。髪を拭きながら部屋に戻るとレオナルドはソファで目を閉じていた。

疲れて眠ってしまったのかもしれない。

そっと顔を覗きこみ、あらためてその彫刻のような美しさを視線で辿《たど》る。話している時の豊かな表情にも目を奪われたけれど、こうして静かに目を閉じている姿はどこか近寄りがたいとさえ感じた。

広い額、通った鼻筋。形のいい唇は今にも弓形に撓《しな》りそうだ。彫りの深い顔立ちを引き立てる金色の睫毛《まつげ》が彼のノーブルな雰囲気をより印象的なものにしていた。

スモークがかった金髪がはらりと額に零れ落ちる。それに促《うなが》されるようにして、レオナルドがゆっくりと瞼《まぶた》を開けた。

「あぁ、お帰り」

暁を見るなり、ふわりと微笑《ほほえ》む。

「ごめん。起こした？」

「いや、大丈夫だ」

寝起きのせいだろうか、声が掠《かす》れている。なぜか頬が熱くなるのを感じ、暁は慌ててレオナルドに背を向ける格好でラグの上に腰を下ろした。

「まだ濡れてるな」

不意に、後ろからレオナルドの手が伸びて来る。肩にかけたタオルを取られたかと思うと、襟足の辺りを軽く拭《ぬぐ》われた。

「すぐ乾くのに……」

「少しくらい、なにかさせてくれ」

大きな手に頭を包みこまれる。やさしくタオルドライされるのは思った以上に気持ちよく、少しずつ身体の力が抜けていくのがわかった。まるで仔猫になった気分だと言うとレオナルドも含み笑いでそれに応《こた》える。両親に我が道を行けと育てられた暁にとって、甘やかされる心地よさははじめて味わうものだった。

髪を乾かし終えた後はレオナルドにロフトを譲り、暁はソファに横になる。レオナルドはしきりに自分がソファに寝ると訴えたが、「星を見ながら寝てみたくない？」と誘惑してやった。どのみち、一八五はあろうかという長身の彼にこのソファは小さ過ぎる。

電気を消した瞬間、レオナルドは思わずというように母国語でなにか呟いた。どうやらイタリア語のようだ。

「明日帰るのはイタリア？」

唐突な質問にレオナルドはソファを見下ろし、ややあってから小さく笑った。

「恥ずかしいな。聞こえたのか」

「なんて言ったの？」

「美しい、とね。訛《なま》りがあったのによくわかったな」

暗くて表情はわからないけれど、きっと目を細めているんだろう。薄紫の綺麗な瞳を思い返しているうちに、それも明日の朝には見納めなのだと寂しい気持ちがこみ上げた。

「せっかく仲良くなったのになぁ」

「アキ？」

「もっといろんなこと話したかったな、と思って。……贅沢《ぜいたく》なんだけどね。日本で偶然出会えただけでもよかったって思わなきゃ罰が当たるよね」

明日は笑って見送らなくちゃと思った途端、なんだか胸が痛くなってくる。

「私もそうだよ」

「レオ……」

「『名残惜《なごり》しい』という言葉はこういう時に使うんだろう？　知識としてはあっても、実感したことはなかった。……辛いものだな」

言葉尻がため息に消える。寂しい気持ちのまま眠って欲しくなくて、暁は明るい声で言った。

「名残惜しいって思えるくらい、レオといられて楽しかったよ。ありがとう」

「私と？」

「うん」

「それは、私が何者であっても……？」

「え？」

思いがけない言葉に一瞬戸惑う。

「……いや、すまない。なんでもない」

レオナルドは返答を恐れるようにすぐに前言を撤回した。

それがどんな意味なのか――変わった経歴の持ち主なのか、あるいは人に言えないような秘密があるのか――憶測することはできたけれど、暁はあえて余計な詮索《せんさく》をしなかった。

「レオはレオでしょう？　俺の気持ちは変わらないよ」

「アキ……」

ほっとしたような声が届く。ややあってもう一度、今度はゆっくりと噛み締めるように息を吐くのが聞こえた。

「……ありがとう」

深みのある声音《こわね》に眠気を誘われ、暁はブランケットを引き上げる。

「レオ、おやすみ」

「あぁ、おやすみ。いい夢を……」


翌朝、朝食を前に『いただきます』をするなり、レオナルドが切り出した。

「アキを我が家に招待したいんだ。少し遠いが考えてみてくれないか」

「……はい？」

驚きのあまり、蓋《ふた》の開いたドレッシングを取り落としそうになる。慌てる暁とは裏腹に、レオナルドはもう一度言葉を重ねた。

「アキにはとてもよくしてもらった。どんなに礼を言っても言い足りないくらいだ」

「そんな大袈裟な……」

「眠る前にあらためて考えたんだ。アキならきっと気に入ってくれると思う。だから感謝の気持ちをこめて、我が国に招待したい」

自宅に招くにしては随分とスケールの大きな言い方に、聞き間違いかと耳を疑う。

「えーと、イタリアにって意味だよね？」

「正しくは、イタリア半島にあるヴァルニーニ王国に、だ」

「ヴァルニーニ？」

「父が治めるイタリア中東部の小国だよ」

国土の西側を大国イタリアに接する一方、東側はアドリア海に面し、海上交易で栄えたおかげで昔から中東文化の影響も受けてきた独立国だという。

「お父さんが国を治めてるってことは、もしかしてレオは……」

「あぁ。第二王子だ」

王子――。

思わず口を閉じるのも忘れてポカンとなる。

確かに、彼の纏う洗練された空気が上流階級の証と言われれば頷けない話ではない。厳しく躾《しつ》けられたというのも王族ならではのことだろうし、城に住んでいるとなれば家が広いのも納得できる。

「そっか……」

王子様だったのか。どうりで……。

「隠していてすまなかった。驚いただろう」

心なしかレオナルドの表情が硬い。けれどそれを見ているうちになんだかおかしくなってしまい、暁は堪え切れずに噴き出した。

「王子様が勝手に出歩いちゃだめじゃない」

「……アキ？」

「まったく、お連れの人から逃げてる王子様なんて聞いたことないよ」

はじめこそキョトンとしていたレオナルドだったが、しばらくするとおかしくなったのか、自分もまた相好を崩した。

「朝から晩まで公務続きじゃ息抜きぐらいしたくなる」

「わがままな王子様だな。……でも、気持ちはわかるかも」

「だろう？」

どこかほっとしたように目を細める。それを見ているうちに、レオナルドの向こう側に広がっている世界に興味が湧いた。

「公務って、どんなことしてるの？」

「細々《こまごま》としたものはいろいろあるが、一言で言えば外交だ。兄である第一王子に王位を継ぐ役目があるように、私には諸外国との関係強化など、親善大使としての役割がある」

それを聞いてなるほどと思った。初対面にも拘わらずあれだけ話が弾んだのは、レオナルドが聞き上手だったからだ。

「どうりで話しやすいと思った。そういうのも訓練するんだよね、きっと」

「話し方や立ち居振る舞い、食事の作法は小さい頃から躾けられる。晩餐会《ばんさんかい》やパーティに招かれることもあるからな」

「うわ……。俺だったら緊張してその場で固まりそう」

「基礎さえわかっていれば対処できるものだよ。……まぁもっとも、会場の真ん中で固まってるアキも見てみたいような気はするが」

「レオの意地悪」

「冗談だよ」

茶目っ気たっぷりにウィンクされ、暁も思わず頬をゆるめた。

「親善大使のレオが日本に来たってことは、日本とヴァルニーニに友好関係があるってことだよね?」

「あぁ。これまでも何度か来日したし、日本から国賓《こくひん》を迎えたこともある」

その時の様子を聞くうち、ふたつの国が目に見えない糸で結ばれているのだと心強くなる。

「なんか、うれしいな。レオと繋《つな》がりがあるってわかって」

照れ笑いするのをじっと見守っていたレオナルドは、ややあって「それにしても」と吐息した。

「アキは変わらないんだな。私が王子だと知ると、大抵の人間は急に畏《かしこ》まったり、距離を置こうとするんだが……」

「確かに、どこかの国の王子様って、そうそう出会うことがないから珍しいなぁとは思うけど……だからといって、それで人を判断するのはおかしいと思う。

「レオはレオだもん。変わらないよ」

「……っ」

それは正直な気持ちだった。もしかしたら遠い世界の話に現実味がないだけかもしれないけれど、それでいい。確かめるように小刻みに揺れるアメジストの瞳を綺麗だと思った。

「アキに出会えて本当によかった……」

深いため息が零れ落ちる。イタリア語で囁かれた言葉の意味は暁にはわからなかったけれど、それでもレオナルドが喜んでくれたのは伝わってきた。真剣な顔でじっとこちらを見下ろしてくる。その視線はこれまでにないほど大人びた甘さを滲《にじ》ませていた。

こんな顔、するんだ……。

はじめて見る熱っぽい眼差し。囚われるほどに心地よい痺《しび》れが生まれ、レオナルドを、そして彼の祖国のことをさらに深く知りたくなった。

「レオ、ヴァルニーニのことをもっと教えて？」

「親善大使の腕の見せ所だな」

満面の笑みで応えると、レオナルドは母国について語りはじめた。

「国土は約一万平方キロメートル。日本で言えば、東京《とうきょう》の約五倍の国土に四百万人が暮らしている。特に素晴らしいのは旧市街だな。中世の頃、敵の侵入を防ぐために城の周囲に高い城壁が築かれた。壁の外側はその後大きく様変わりしたが、旧市街のある内側は当時の面影を残したままだ。今でも車の代わりに馬車が往《い》き来しているんだよ」

「すごい。映画みたいだね」

「大聖堂で結婚式を挙げるカップルも多いんだ。クーポラからの眺めはとても美しいし、一生の思い出になる」

「わぁ、いいなぁ」

聞いているだけで旅好きの血がうずうずしてくる。

レオナルドはふわりと笑うと、逸る気持ちを抑えるように胸に手を当てた。

「本当は言葉では語り尽くせない――抜けるような青空、降り注ぐ太陽、アドリア海の風。紺碧《こんぺき》の海、生成《きな》りの壁、オレンジの煉瓦《れんが》屋根。窓辺の花も軒先《のきさき》のレモンも、人々の笑顔も歌声もそのすべてがヴァルニーニの宝だ。私は誇りに思っている」

おだやかながら、思い入れを感じさせる深みのある声。ゆっくりと語られていくのを聞くうちに、脳裏には歴史ある街並みのイメージが浮かび上がった。

石畳を歩いたらどんな音がするだろう。城壁を触ったらどんな手触りがするだろう。そこから空を見上げたら、太陽を浴びたら、そして風に吹かれたら――想像するだけでわくわくする。きっと素晴らしいところに違いない。

「行ってみたいなぁ」

「あぁ。いつかその日が来ることを楽しみにしているよ。その時はぜひ私に案内させてくれ」

とっておきのものがあるからと続けたレオナルドは、熱のこもった眼差しで暁を見つめた。

「ご両親が見たものには敵《かな》わないかもしれないが、アキならきっと気に入ってくれると思う。だからヴァルニーニの夜明けを一緒に見よう」

「レオ……」

じわじわと頬が熱くなる。目を伏せてもなお、胸が高鳴るのが自分でもわかった。

揃って『ごちそうさま』をするなり、レオナルドが立ち上がる。すぐ出発するという彼を見送って暁も玄関まで出た。

「駅まで一緒に行こうか？」

「いや、大丈夫だ。車が来ている」

そう言って指差された先には、およそこの付近には似合わない高級車が停《と》まっている。

「バタバタと世話になるばかりですまなかった」

「とんでもない。楽しかったよ」

「私もだ」

そっと抱き寄せられた瞬間、昨日と同じサンダルウッドの香りに包まれる。それを記憶に刻みつけるように暁は深く息を吸いこんだ。

腕を解いた後、レオナルドが胸ポケットから紙片を取り出す。

「ヴァルニーニに来る時はぜひ連絡してくれ」

「これ…？」

「私のプライベートの連絡先だ。仕事用とは別だから、なにも気兼ねしなくていい」

「ありがとう」

いつの間に用意してくれたのか、綺麗な字でメールアドレスが記されている。ここにメールを送りさえすれば再び接点が持てるのかと思うと、うれしい反面、実感が湧かずにふわふわとした気持ちになった。

こんな時、なんて言ったらいいかわからない。せめて笑顔で見送ろうと顔を上げると、レオナルドは意を酌《く》んだようにそっと微笑んだ。

「それじゃ」

「うん。気をつけて」

「また会う日まで、アキに神のご加護がありますように」

「ありがとう。レオにもね」

レオナルドは頷き、ゆっくりと光の中に消えて行く。その背中をドアが隠してしまうまで見送って、暁はそっと息を吐いた。

突然訪れた予期せぬ出会い。

本当なら、一生話すことのない立場の人だったかもしれない。偶然言葉を交わしたことで、こんな気持ちになるなんて思いもしなかった。

レオナルドと再び会うことはあるだろうか。一緒に夜明けの空を見る日は来るだろうか。それが遠い夢のようにも、近く叶う約束にも思え、不思議な高揚感に暁はそっと胸を押さえた。

こんなに心に残る人ははじめてだ。彼のことを考えただけでたやすく胸の鼓動は高まってゆく。

ふと我に返ってこっそり肩を竦めながら、暁はいそいそと大学に行く準備をはじめるのだった。

夏の夜、午後八時。

まだ仄明《ほの》るい空に北斗七星が昇ろうとしている。ベランダの柵に凭《もた》れながら暁はぼんやりと上を見上げた。

柄杓《ひしゃく》の一辺を指で測り、それを五倍すれば北極星に辿り着く。その倍を辿ればカシオペア座だ。小学生の頃に習って以来、夏になるたびこの星を探すのが密かな楽しみになっていた。

「もうそんな季節なんだなぁ」

このところテストだレポートだと忙殺《ほうさつ》されていたせいでろくに計画も立てていないけれど、来週末からは夏休みに入る。

「今年はどこに行こうかな……」

大きく両手を挙げて伸びをしつつ、次の旅行先について頭を巡らせた。

暁がバックパッキングをするようになったのはほんの偶然だ。イギリスにいる祖父母に顔を見せに行ったついで、ユーロスターでヨーロッパを巡ったのが眠っていた旅行好きの血を騒がせた。以来、ひとりであちこちに出かけている。こうした背景には幼い頃から国際線に乗り慣れていたり、英語が日常語だったことも大きかったと思う。

最初は東南アジアからはじまって、一昨年はエアーズロックを見にオーストラリアに遠征したし、去年はグランド・キャニオンの雄大さに触れるためアメリカに乗りこんだ。

「考えてみると、結構アウトドア続きだったかも」

それなら今年は文化遺産を見に行くのもいいかもしれない。部屋に戻り、いつものようにネットで情報を集めようとノートパソコンに向かった時だ。

「そういえば……」

ふと、コルクボードに貼られた紙片が目に入る。別れの日の朝にレオナルドからもらったものだ。

彼が帰ってそろそろ半月。たった一晩一緒にいただけにも拘わらず、あの出会いはいまだに忘れられなかった。

アメジストの瞳が印象的な人だった。

すらりとした長身や整った面差しは同じ男として憧れずにはいられなかったし、堂々とした振る舞いからは王子としての威厳さえ漂っていた。それなのに話してみるととても気さくで、悪戯好きな一面さえ好ましく思わせるほどの魅力があった。

今頃、レオはどうしているだろう。

あの後、連れの人に怒られなかっただろうか。無事に国に帰れただろうか。遠い異国ヴァルニーニで彼は再び王子に戻り、自分の知らない世界で毎日を忙しく過ごしているんだろう。愛する国のため、愛する民のため、きっと今この瞬間も奔走《ほんそう》しているに違いない。

そんなヴァルニーニをこの目で見られたら……。

そっと紙片の文字を指でなぞる。

「来ることがあったら、連絡してくれって言ってたっけ……」

とはいえ、相手は一国の王子様だ。そうそう自分を相手にするわけにはいかないだろう。それでもレオナルドが社交辞令で誘ってくれたとは思えなかった。

それならば、ものは試しとネットで空席を検索してみる。すると直前でキャンセルがあったらしく、一週間後のチケットが一枚格安で出ていた。

「来週の土曜ってことは二十二日――夏休み初日だ」

運命的な引き合わせに心臓がドクンと鳴る。まるでこのチケットを使っておいでと呼ばれているような気がした。

引き寄せられるように申しこみを済ませ、その勢いでレオナルドにメールを送る。二十二日にヴァルニーニに行くとだけ伝える文面なら、受け取った彼の負担にもなりにくいだろう。

どこかで偶然会えたらうれしい。もし会えなかったとしても、同じ国にいられればそれで充分だ。

「楽しみだな」

紙片を大切にパスポートに挟む。

気持ちは既に空の上、遠くヴァルニーニに向けて旅立とうとしていた。

＊

日本から十六時間の長旅を終えて、暁は憧れの地に降り立った。

「ここがレオの生まれた国なんだ……」

ヨーロッパの空港特有の華やいだ香りを胸一杯吸いこみ、旅に出ているんだなぁとわくわくする。エコノミーの狭い座席に長いこと収まっていたせいで身体のあちこちが軋《きし》んだけれど、そんなことはちっとも気にならなかった。

到着ロビーは大きなスーツケースを引いた旅行者であふれている。これから観光シーズンに入るのだろう。日本からだけでなく、あちこちの国の団体客がそこかしこで輪を作っていた。

見慣れた光景のはずなのになんだかそわそわしてしまうのは、この国にレオナルドがいると思うせいだろうか。会う約束もしてないのにと苦笑しながら暁は大きなリュックを背負い直した。

時計は現地時間に合わせてあるし、必要最低限の換金も済ませてある。後は市内に出て今夜の宿を見つければいい。

「よし、行こう」

リムジンバス乗り場に向かうべく、歩きはじめた時だ。

「アカツキ・トオノ？」

唐突に名前を呼ばれる。驚いてふり返ると、そこには見たことのない男性が立っていた。

自分より頭ひとつ分は長身だろう。すらりとした立ち姿からは気品を感じさせる一方、広い肩幅や厚い胸板が男らしさを強調していた。肌は浅黒く、癖のあるやや長めの黒髪が整った顔立ちに映《は》える。濡れたように輝くエメラルドの瞳がエキゾチックな雰囲気をいや増し、彼を一際《ひときわ》魅力的に見せていた。

俳優と言われても頷いてしまう美貌《びぼう》の持ち主を前に暁は首を傾げる。自分の名を知っていたけれど、どう考えても会ったことがないように思うのだ。

こんな印象的な人、絶対忘れるわけないいんだけどなぁ……。

けれど戸惑う暁などお構いなしに男はアサドと名乗るなり、「おまえを迎えに来た」と告げた。

「は？」

「これから一緒に来てもらう」

「ちょっと待って。それ、どういう……」

アサドが軽く手を挙げるなり、どこから現れたのか目の前を屈強《くっきょう》な男たちに塞がれる。抵抗する間もなく荷物を奪われ、左右からもがっちりと腕を拘束《こうそく》された。

「え？　ちょ、なに……っ」

「車へ」

「は、離せ。離せって！」

どんなに叫んでもアサドは涼しい表情を崩すことなく先に立って歩いて行く。その後ろを強面《こわもて》の男たちに抱えられ、半分引きずられながら歩かされた。

周囲にはたくさんの人がいるというのに、皆楽しい旅行のことで頭が一杯なのか誰ひとり気にも留めてくれない。ヴァルニーニに着くや拉致《らち》されるなんて夢にも思っていなかった。

半泣きのままロビーを突っ切り、ＶＩＰと書かれた専用出入り口から外に出される。すると正面に停まっていた黒塗りの車から運転手が出て来て、恭《うやうや》しく扉を開けた。

逃げる間もなく後部座席に押しこまれる。隣にアサドが乗りこむなり、運転手は滑《なめ》らかに車を発進させた。

空港がみるみるうちに遠《とお》ざかって行く。とんでもないことになったという思いで身を硬くしていると、アサドがふっと笑うのがわかった。

「なにがおかしいんだよ、人攫《ひとさら》い」

つい険《けん》のある言い方になる。けれどそれが気に入ったのか、アサドはますます笑みを濃くしながら目を眇《すが》めた。

「おまえ、ＶＩＰゲート通ってなにも気づかなかったのか？」

「は？」

「どうして俺がおまえの名前を知ってたと思う？」

澄んだグリーンの目が悪戯っぽく閃《ひらめ》く。答えられないまま瞬きをくり返す暁に、アサドはとうとう噴き出した。

「まぁ、いきなり捕まえられりゃ驚きもするか。これで少しは借りが返せたな」

「借り？」

さっきからよくわからないことばかり言う男だ。

だがそれ以上からかうつもりはないようで、アサドはあっさり種を明かした。

「おまえのおかげで日本では大変だったんだからな。電話は繋がらなくなるわ、街中探し回る羽目《はめ》になるわ」

「それって……」

ピンと来るものなんてひとつしかない。

「思い出したか？　レオナルドが世話になったな」

「す、す、すみません……！」

つまりこのアサドこそ、レオナルドを探し回っていた張本人ということになる。一国の王子が突然姿を消した時の彼の苦労を思うとなおさら申し訳なくて、暁はシートの上で小さく縮こまった。

「あの…、でも今日はどうしてここに？」

上目遣いにそろそろと見上げる。

「レオナルドに頼まれたんだよ」

アサドは困ったもんだと言いたげに大袈裟に肩を竦めてみせた。

「日本でおまえに出会えたことがよっぽどうれしかったみたいだぜ。メール見てからは『アキが来る、アキが来る』つって、そりゃあもう見苦しいほど浮かれてたな」

レオ、気にかけてくれてたんだ……。

一緒に過ごした時間はわずかだったにも拘わらず、レオナルドが自分のことをそんなふうに思っていてくれたことがうれしくて、胸がじわっと熱くなった。

「よかった。迷惑に思われなくて……」

「あぁ、心配ない。諸手《もろて》を挙げて大歓迎だ」

じゃなきゃ俺に迎えに行かせないしな、とつけ加える。

「えっと、レオはアサドを『連れ』だって言ってたけど……？」

こうして迎えに来てくれたということは、レオナルドに近しい人間だろう。どういう関係だろうかと思っていると、アサドは苦笑しながら肩を竦めた。

「畏まらなくていい。俺はレオナルドの従者だ」

「従者？」

「まぁ、半分は目付役みたいなもんだけどな」

レオナルドに付き従い支える役職とは表向きの話で、面倒事を押しつけられたり、運転手にさせられたり、時には主《あるじ》と追いかけっこもしなければならないらしい。それを想像した暁は思わず噴き出してしまう。人攫いだと慌てていたのが嘘のように車内は和やかな空気に包まれていった。

「ところで、どこに行くの？」

「言ったろ。レオナルドがおまえを連れて来いってさ」

車はいつの間にかハイウェイを降り、検問を抜けて中心地へと向かっているようだ。牧歌的な風景から一転、石造りの建物が増えるに従って中世に迷いこんだかのような錯覚に陥《おちい》った。

生成り色の壁に少しくすんだオレンジ屋根。家も教会もすべてが同じ色調で統一された街の一体感に圧倒される。ネオンや看板の類はなく、目を奪うのは美しい建物と咲き零れる花々だけだ。教会の尖塔に立つ守護聖人たちも光を浴びて晴れがましく見えた。

「レオの言ったとおりだ」

美しい街並みにため息が漏れる。

「気に入ったか？」

「うん。レオが誇りに思うって言ってた気持ちがよくわかった」

「そうか。なかなか見る目があるじゃないか」

得意げな様子に思わず笑ってしまう。アサドもまたこの国を自慢に思っているのが伝わってきて、車窓に広がるヴァルニーニの街が一層特別なものに思えた。

車は少しずつ小高い丘を上って行く。辺りは徐々に深い緑に包まれ、昼間だというのに薄暗いほどだった。

その中に、蔦模様《つたもよう》の鉄門が見えて来る。

左右五十メートルはあるだろうか、門柱にはところどころ本物の蔦が絡まり、威厳のある佇《たたず》まいが近づきがたい雰囲気を醸《かも》している。けれど見た目の物々しさとは裏腹に、ゲートは暁たちを迎え入れるように自動で開いた。

「……！」

驚く暁をよそに、車はゆっくりと敷地内へ入って行く。運転手もアサドも涼しい顔をしているからここではこれが当たり前なんだろう。

お城っていうのはすごいんだな……。

これまでも世界のあちこちで王宮を眺める機会はあったけれど、実際に中に入るのははじめてだ。

木々のアーチを抜けた途端、視界一杯に鮮やかなグリーンが飛びこんで来た。

城までまっすぐに続く道の両脇にはよく手入れされた芝が広がり、ツゲを使った刺繍花壇が見事な

幾何学式《きかがく》庭園を作っている。ロータリーの中心に配された三段噴水を目にした暁は、とうとう堪え切れずにアサドの腕を取った。

「すごいね！」

「どうした」

「噴水がある。それに、門も自動で開いた！」

興奮気味の暁に一瞬呆《ほう》けたアサドは、ややあって「おまえは子供か」と噴き出した。

「なにかと思ったらそんなことかよ。テレビなんかで見たことないか？　ヨーロッパの城は日本人にも人気なんだろ？」

「知ってるよ。知ってるから本物見てびっくりしてるんだってば」

「わかりやすいやつ」

そうしている間に車は正面玄関前に到着する。けれど一向に降りようとしないアサドを怪訝《けげん》に思って見ていると、それに気づいた従者は苦笑混じりに首をふった。

「自分でドア開けて外に出るのは、ここでは振る舞いとしてＮＧだ」

「じゃあ、どうすれば……？」

「こうだな」

答えと同時に外から扉が開けられる。当たり前のように降り立ったアサドを「お帰りなさいませ」の大合唱が出迎えた。

「へっ？」

「早く来い。置いていくぞ」

「ちょ、ちょっと待って」

慌てて車を降りるなり、一列に並んだ使用人たちに頭を下げられて面食らう。おかげで城を正面から眺めることも、庭園をふり返る余裕さえなかった。

「レオナルドの客だ。荷物はトランクに入れてある。部屋に頼む」

「畏まりました」

アサドの言葉に、黒服に身を包んだ初老の男性が恭しく頭を下げる。

「レオナルドは？」

「謁見《えっけん》の間においでございます」

「わかった。……よし、行くぞ」

ポンと肩を叩かれ、我に返る。置いて行かれないよう小走りしかけた暁だったが、城内に一歩足を踏み入れるなり、またも立ち竦むことになった。

「す、ご……」

高い吹き抜けから差しこんだ光が市松《いちまつ》模様の床を美しく照らす。天井は隅々まで彫刻と絵画で埋め尽くされ、いくつもぶら下がるシャンデリアがキラキラと繊細《せんさい》な光を投げかけていた。壁や柱は大理石や金細工によって美しく飾られ、豪華絢爛《けんらん》な様子に圧倒させられる。上を向いたまま言葉をなくした暁は、ややあって至福《しふく》のため息を吐いた。

「嘘みたい……」

こんな素晴らしい場所に自分がいることがまだ信じられない。

「俺を連れて来てくれてありがとう、アサド」

「まったくおまえは……」

素直に礼を述べると、アサドは苦笑混じりに「あいつが執心《しゅうしん》するわけだ」と肩を竦めた。

「え？　なに？」

「なんでもない。……それよりほら、さっさと行くぞ。王子様がお待ちかねだ」

その言葉に背筋がピンと伸びる。

そうだ。この先にレオがいるんだ……。

もうすぐ会えると思っただけで胸が高鳴る。勢い任せの出発だったけれど、思い切って来てよかったと心から思った。

「ここだ」

アサドは一際豪奢《ごうしゃ》な扉の前で立ち止まり、壁を何度かノックする。

「レオナルド。連れて来た」

「入ってくれ」

扉を開けたアサドに先に入るよう促され、恐る恐る足を踏み入れる。白を基調にした部屋の中央には懐かしい人物が立っていた。

「レオ！」

それを見た瞬間、アサドがいるのも忘れてレオナルドのもとに駆け寄る。両手を広げて迎えてくれるのがうれしくて、ためらうことなく腕の中に飛びこんだ。

「久しぶり。元気そうだね」

「アキ、会いたかった……」

別れの朝にしたよりも強い力で抱き締められる。恋人にするような抱擁《ほうよう》に照れたのは一瞬のことで、鼻孔を擽る懐かしい香りにたちまち鼓動は早鐘を打った。

レオナルドはわずかに身体を離し、確かめるように顔を覗きこんでくる。色を増したアメジストの瞳が雄弁に再会の喜びを語った。

「本当に、私のところに来てくれたんだな……」

大きな手のひらが確かめるように髪を梳《す》く。そのまま頬を滑る感触を暁は目を細めて味わった。

「レオ……」

もう一度、その名を囁いた時だ。

「少しは人目も憚《はばか》れよ、おまえら」

アサドの呆《あき》れ声に我に返り、慌ててパッと身体を離す。レオナルドはなおも名残惜しそうにしていたが、アサドに咳払いされて肩を竦めた。

「あらためて、招待を受けてくれてありがとう、アキ。心から歓迎するよ」

「招待？」

暁は小首を傾げる。

そういえば、日本を発《た》つ日の朝にレオナルドがそんなことを言っていたような気がする。けれどその話は「いつか機会があれば」ということで、具体的なことは特に決めなかったはずだ。今回だってキャンセルチケットがなければ来られなかったし、行き先だって決めずにいつもどおりバックパックを背負って回ろうと思っていたのだ。

ポカンとしたままの暁に、レオナルドは「もしかして……」と口元に手を当てる。

「返信を読まないまま来たのか？」

「返信って？」

「ヴァルニーニに来るとメールをくれただろう。だから私も、できる限りのことをさせて欲しいとすぐに返事を出したんだ」

「あ……」

出発前のバタバタにかまけてチェックを怠《おこた》っていたせいで、大事なメールを読み逃したらしい。

「ごめん、レオ。せっかく書いてくれたのに……」

「気にしなくていい。こうして無事に来てくれただけで私は充分うれしいよ」

またも見つめ合ったところでアサドの咳払いが割って入る。その絶妙なタイミングに暁は堪らず噴き出した。

「アサドってすごいよね」

「こんなことで褒められてもうれしくない」

ふたりの親しげな様子にレオナルドが目を瞠る。

「随分打ち解けているじゃないか。アサドに迎えに行ってもらって正解だったな」

「おまえは俺をなんだと思ってるんだ」

「頼りになる従者で、賢い参謀《さんぼう》で、そして大切な兄弟だ」

「兄弟⁉」

最後の言葉に今度は暁が目を丸くした。

「てことは、アサドも王子様なの？」

「王位継承権は持たない。妾腹《しょうふく》ってやつだ」

聞きにくいことを本人がさらりと口にしたことで、なんとなくながら事情を察する。

一方で、直截《ちょくさい》な表現が些か不満らしいレオナルドは咳払いを挟んで説明をはじめた。

「私たちは同じ日に生まれた異母兄弟なんだ。ヴァルニーニの王位は嫡子《ちゃくし》にのみ与えられる決まりでアサドには継承権がない。その代わり、私を護衛する従者として常に行動をともにしてもらっている。生まれてからずっと一緒だからな、気心が知れてるし、わがままも言いやすい」

「少しは俺の身になって考えろっていつも言ってるだろ」

「こんなふうに口も悪いし乱暴だがな」

「堅苦しいのは性《しょう》に合わないんだよ」

歯に衣《きぬ》着せぬふたりの言い合いについつい笑ってしまう。

「どうりで……」

空港での手荒な歓迎を語って聞かせると、レオナルドはギロリとアサドを睨んだ。

「私は丁重《ていちょう》に迎えてくれと頼んだはずだが」

「どんな人間かは俺なりのやり方で観察させてもらう。万が一にも腹になにか抱えてるやつだったらおまえが危険な目に遭《あ》うんだぜ。それを許すわけにはいかない」

言葉はぶっきらぼうだけれど、レオナルドを大切に思っているのが伝わってくる。

「仲がいい兄弟なんだね」

あっけらかんと笑うのを見て、アサドは毒気を抜かれたような顔をした。

「……変なやつ」

「そうかなぁ」

「アサド、言ったとおりだろう。アキはこういう人なんだ」

「え？」

どういう意味だろうと少し気になったものの、うれしそうに笑うのに水を差したくなくて、言葉を呑《の》みこむ。

その背中を、レオナルドが労《いたわ》るように撫でた。

「長旅で疲れたろう。部屋を用意したからゆっくり休むといい」

「ありがとう」

「本当は部屋まで案内したいところだが……残念ながら、この後来客の予定がある。夕食前には迎えに行くから」

「大丈夫、無理しないで。部屋にはアサドに連れてってもらうよ」

「ちゃっかりしてんな、おい」

すかさず入ったツッコミに三人揃ってくすりと笑う。レオナルドと目を見交わし、「また後で」と言いかけた時だ。

「アサド！」

バタンという大きな音に反射的に身を硬くする。背後のドアが開くと同時に、甲高い声が謁見の間に響き渡った。

「……アマーレ」

思わず、といったようにアサドが呟く。

その反応がまた気に食わないとばかり、アマーレと呼ばれた少年はつかつかと三人に詰め寄った。

この身体のどこからあんな大声がと思うほど線が細く、フリルをあしらったブラウスがよく似合う。金糸の巻き毛が薔薇色の頬を囲み、サファイア色の瞳ともあいまってさながら天使といったふうだ。これでにっこり微笑みでもしたら皆が虜《とりこ》になるに違いない。けれど今は、どうやらそれどころではないようだった。

頬を大きく膨らませ、唇を突き出しながらアマーレがアサドを睨む。

「僕に内緒でどこ行ってたんだよ」

「どこだっていいだろ」

「よくないっ」

「俺は仕事してんだっつーの」

突然の剣幕にチラとレオナルドを見ると、いつものことだと苦笑が語った。

「大体、おまえのお守《も》り役ならちゃんといるだろ」

「お守りとはなんだよ、お守りとは」

「お子様は寂しがりだからなぁ」

「僕をばかにしてるのかっ」

地団駄《じだんだ》を踏むアマーレをアサドは余裕の笑みで見下ろしている。次はどう反撃してくるか楽しくてしかたがないのだろう。アマーレがアサドの手のひらの上で意のままに転がされているのが暁から見てもすぐにわかった。

アサドとアマーレにはかなりの身長差がある。体つきだってまるで違うし、年も十歳近く離れているだろう。口でも力でもどうやったって敵わない相手に向かってキャンキャン噛みつくのを見ているうちになんだか微笑ましくなってきて、悪いと思いつつこっそり笑ってしまった。

仲裁《ちゅうさい》のタイミングを見計らい、レオナルドが割って入る。

「アキ、紹介するよ。アマーレもお客様の前で兄弟喧嘩はやめなさい」

「兄弟？」

「アマーレ・ジャン・ベルニ。ヴァルニーニの第三王子だ。……アマーレ、こちらは私の大切な友人のアキだ」

レオナルドの取りなしを受けて一歩進み出る。

「はじめまして、遠野暁です。アキと呼んでください」

「こいつまだ十七だぜ。敬語なんていいって」

「アサドなんておっさんのくせに」

「二十六歳をおっさん呼ばわりすんな」

すかさず茶々を入れる従者と王子の攻防にレオナルドが再びため息を吐く。これが日常茶飯事なのだとしたら、なかなか賑やかな暮らしをしているようだ。

暁は笑いながらすっと右手を差し出した。

「楽しい滞在になりそうでよかった。どうぞよろしく」

握手を求められたアマーレは一瞬ためらったものの、アサドを見、レオナルドを見、意を決したようにおずおずと右手を差し出した。

「……こちらこそ。ヴァルニーニにようこそ」

その頬がまだ膨れているのはご愛敬《あいきょう》だろう。それでも礼儀正しく挨拶《あいさつ》するあたり、さすが生粋《きっすい》の王子様だ。年の離れた兄たちが目を細めているのを見て自分までほっこりした気持ちになった。

ふたりと目と目で会話し、笑いを嚙み殺していると、それに気づいたアマーレがまたも大騒ぎをはじめる。

賑やかな攻防は結局、レオナルドの客が到着するまで続いたのだった。


夕方六時少し前、部屋にノックの音が響く。

約束どおりレオナルドが迎えに来てくれたのだろう。庭を眺めていた暁は身を翻《ひるがえ》し、急いでドアを開けた。

「わざわざありがと…、……！」

だが、相手を一瞥《いちべつ》するなり息を呑む。そこには大きな箱を脇に抱え、正装したレオナルドが立っていた。

「待たせてすまなかった」

テイルコートに身を包んだ彼は優雅さと気品に満ち、気安く近づくことをためらわせる。スモークがかったブロンドをゆるく撫でつけ、颯爽《さっそう》と立つ姿はまさに王子の名にふさわしい風格だった。

そうしていると本当に別世界の人のようだ。深い色を湛《たた》えたアメジストの瞳と目が合った瞬間、胸がドクンと高鳴った。

「……アキ、どうした？」

レオナルドが顔を覗きこんで来る。

「な、なんでもない」

「その割に顔が赤いようだが」

艶《つや》っぽい眼差しは意地が悪い。そんなふうに見つめられると余計鼓動が速まってしまう。

「その、よく似合ってるなと思って。格好いいな、って……」

照れくささのあまり言葉が尻窄《すぼ》みになる。

「アキに気に入ってもらえてうれしいよ」

レオナルドは楽しそうにウィンクを投げた。そんなキザな仕草さえ眩暈がするほどよく似合う。またうっかり見とれてしまいそうになり、暁はぶんぶんと首をふった。

「そ、それより、素敵な部屋を用意してくれてありがとう」

「気に入ってくれてよかった。足りないものがあれば遠慮なく言ってくれ」

「大丈夫だよ。すごく快適だし、俺にはもったいないくらい」

バックパッキングをしながらでは到底お目にかかれなかったであろう天蓋《てんがい》つきのベッドや猫足の椅子。実物に触れるのははじめてで、部屋に案内してくれたアサド相手に「すごいすごい」と捲《まく》し立ててしまったほどだ。小ぶりながら品のあるシャンデリアや壁を飾る絵画、そして暖炉《だんろ》の上には美しい花まで飾られている。こんな素晴らしい体験ができるなんて思ってもみなかった。

「アキをもっと驚かせたいな」

「レオ」

「プレゼントがあるんだが、受け取ってくれないか」

レオナルドは携《たずさ》えていた箱をベッドに置き、留め金代わりのリボンを外す。ゆっくりと蓋が取られるのを見守った暁は、中に収められていたテイルコートを見るなり「わぁっ」と歓声を上げた。

こういったものに詳しくない自分でさえ上質なものだとわかる。レオナルドが揃えさせたのなら最上級品と思って間違いないだろう。

「急いで用意したからサイズが合うか心配だな。ちょっと着てみてくれないか」

「え？　これを俺にくれるってどういう意味？」

「今夜、ディナーパーティに招待したい。ドレスコードにこれを」

「ドレスコード……」

呟いたきり言葉が出て来なくなる。生まれてこのかた、ドレスコードのあるパーティなんて出たことがない。

けれど暁の不安をはね除《の》けるように、レオナルドは小さく首をふってみせた。

「堅苦しく考えなくていい。皆にアキを紹介したいんだ」

「でも、その、マナーとか……」

「心配ない。私が隣に座るし、アサドだって出席する」

その言葉に、アサドには悪いと思いつつも笑ってしまう。あの彼がおとなしく座っていられる夕食会なら自分もなんとかなるかもしれない。

ほっと胸を撫で下ろす暁に、レオナルドは悪戯っぽく微笑んだ。

「その顔は、ＯＫと受け取っていいね？」

「困ったら助けてね」

「喜んで」

レオナルドは左胸に手を当て、騎士のように恭しくお辞儀《じぎ》をする。「レオに乗せられちゃったなぁ」

と言うと彼はうれしそうに目を細めた。

「それじゃ早速着替えよう。今着ているものを脱いで、まずは下着だけになってくれ」

「レ、レオがいる前で!?」

「ひとりで着られるなら外で待っているが？」

試すように言われ、あらためて箱を覗きこむ。上着やズボンはなんとかなっても、細々とした付属品には早々にお手上げになりそうだ。「後ろ向いててよね」と軽く睨むと、正装の美男子は楽しそうに肩を持ち上げた。

まずは着ていたTシャツを脱ぎ、アンダーシャツを身につける。その上にウィングカラーのシャツを羽織《はお》り、小さなスタッドボタンに四苦八苦しながらなんとか一番下まで留めた。

ジーンズを下ろし、素早くズボンを穿《は》いたところでタイミングよくレオナルドがふり返る。

「よし、そこから手伝おう。ひとりじゃ難しいからな」

レオナルドはホルスタータイプのサスペンダーを取り出し、背中で交差させるようにして両脇からズボンを吊る。てっきりベルトを締めるものだと思っていたが、どうやら違うらしい。

「この方がラインが綺麗に出るんだ。次はベストに腕を通して……ボタンは自分でできるな？　その間に私は蝶ネクタイを結ぼう」

レオナルドの両手が首の後ろに回される。真正面から顔が近づいて来た途端なぜか動揺してしまい、たった三つのボタンを何度もかけ違えてはやり直すをくり返した。

蝶ネクタイの後はシャツの袖を白蝶貝のカフリンクスで留めてもらう。上着を羽織り、エナメルパンプスを履《は》けば完成だ。三歩下がってその出来映えを確かめたレオナルドは満足げに何度も頷いた。

「想像したとおりだ。よく似合うよ」

「ほんと？」

「あぁ。黒い髪も黒い瞳も、上着に映えてとても綺麗だ。ずっとこうして見つめていたいな」

「ありがとう」

手放しに褒められてだんだん恥ずかしくなってくる。目の前の王子様は己の美貌など興味がないとばかり、暁の周りを回ってはうっとりとため息を吐いた。

「もう。恥ずかしいよ、レオ」

これ以上こうしていたら顔が真っ赤になってしまう。

「それよりほら、早く行こう」

暁はレオナルドの腕を取るなり、そのまま部屋の外に引っぱり出す。

長い廊下を歩きはじめて間もなく、向こうからやって来た使用人の男性に恭しく頭を下げられた。

「ただいまお迎えに上がろうとしておりました」

彼は王子であるレオナルドを見、それから隣の暁を見てふわりと顔を綻《ほころ》ばせる。

「よくお似合いでいらっしゃいます。サイズも問題はございませんでしたか」

「あぁ。見立ててもらったとおりだ。助かったよ」

「それはよろしゅうございました」

レオナルドの口ぶりから、この初老の男性がテイルコートを用意してくれたのだろう。暁が「ありがとうございました」と頭を下げると、使用人は「お役に立てましてなによりでございます」とまたも深々と腰を折った。

「それでは参りましょう。皆様お揃いでいらっしゃいます」

先導されるのについて会場に向かう。案内された部屋は、謁見の間をさらに広くしたような豪奢なダイニングルームだった。

大きなテーブルの両脇にざっと二十人は並んでいるだろうか。男性はテイルコートを、女性はイブニングドレスを着てさざめくように談笑している。こんな煌《きら》びやかな世界に加わるのかと思うと柄にもなく緊張してしまい、喉が渇いた。

この場にふさわしい振る舞いなんてできるかな……。

不安になる暁を励ますように、レオナルドが小さく耳打ちする。

「大丈夫だ。いつものアキでいればいい」

「レオ……」

そうだ。レオがついていてくれる。

はじめはおっかなびっくりだった暁も、近くにアサドやアマーレといった知った顔を見つけ、少しだけ気持ちが落ち着いた。

正装したアサドは貫禄《かんろく》がいや増し、実に堂々として見える。蠟燭《ろうそく》の明かりは癖のある黒髪を艶めかせ、翠玉《すいぎょく》の瞳を神秘的に見せた。アマーレも昼間の膨れっ面などどこへやら、今は凜々《りり》しい王子様といったふうだ。蝶ネクタイを締め、少しだけ背伸びをした少年特有の初々《ういうい》しさが好ましく映った。

「アキ」

傍らのレオナルドに呼ばれ、顔を向ける。「紹介しよう」と手で示された先には、レオナルドによく似た男性が気品に満ちた笑みを浮かべていた。

「父上、彼が友人のアキです。アキ、こちらがヴァルニーニ王国国王、私の父だよ」

「お目にかかれて光栄です。遠野暁といいます」

「遠いところをよく来てくれた」

目元に皺を刻む国王に頭を下げると、それを見た王妃がにっこりと笑った。

「こちらが私の母だ。アキに会えるのをずっと楽しみにしていたんだ」

「レオナルドから話は聞いていますよ」

どうやら、ふたりが出会った経緯から自分が作った料理まで、レオナルドはくり返し話して聞かせていたらしい。照れくさくなって吹聴《ふいちょう》した本人を軽く睨むようにすると、それを見た王妃はやさしく目元をゆるめた。

「あなたがどんなに清く、正しい心の持ち主であるかをレオナルドから聞きました。だから私たちもぜひ会って、話をしたいと思っていたのです」

「そんな……、もったいないお言葉です」

慌てる暁に、謙遜《けんそん》は無用とばかりに王妃は頷く。

「あなたにはとても感謝しているのですよ。ミスター・トオノ」

「王妃様」

「レオナルドの心の支えになってくれてありがとう。どうかこれからも、変わらぬ関係を望みます」

「はい」

胸の奥がじんわりとあたたかくなる。そんなふうに思ってもらえていることがうれしく、また誇らしかった。

その後は国王の兄弟とその伴侶《はんりょ》、従兄弟、はとことテーブルに着いた順に紹介されてゆく。席次《せきじ》をぐるりと一巡し、アサドとアマーレを飛ばした後で、レオナルドは一瞬間を置いた。

「兄のグラディオ。この国の第一王子だ」

体格はレオナルドと同じぐらいだろうか、ピンと伸びた背が印象的だ。アッシュブラウンの短髪を撫でつけ、細いアルミフレームの眼鏡をかけた彼は、せっかくの紹介にも拘わらず神経質そうに片眉を吊り上げただけだった。

「はじめまして」

「……」

返事はない。聞こえなかったのだろうかともう一度口を開こうとした時、レオナルドがすかさず身を乗り出した。

「アキ、ひとつ教えよう。この国には、国王と王位継承者だけに許された特別な名前があるんだ」

「特別な名前？」

「兄の名はグラディオ・ディ・ヴァルニーニ。国を名乗ることを許されているただひとりの王子だ」

「じゃあ、レオは？」

「私はレオナルド・ジャン・ベルニ。アマーレもベルニ姓だ。この国を代々治めてきたベルニ家に由来している」

「兄弟なのに違うんだね」

「あぁ。グラディオは、ゆくゆくは国を治める立場だからな」

　レオナルドは静かに目を眇めながら兄を見遣《みや》る。その表情はどこか硬く、これまでの彼とは少し違って見えた。

　その視線を追ってグラディオに目を移した暁は、灰色の双眸《そうぼう》がじっとこちらを見ていたことに気づいて息を呑む。突き刺さるような鋭い視線に居心地の悪さを覚え、失礼とは思いながらもぎこちなく目を伏せた。

　無遠慮な視線はなおも値踏みするようにジロジロと舐《な》め回してくる。だがしばらくするとそれにも飽きたのか、グラディオは小さく鼻を鳴らしながらつまらなそうにそっぽを向いた。

　俺、なにかした……？

　あからさまな態度に内心眉を顰《ひそ》める。どうやら他の人たちのように歓迎してはくれないらしい。どうしよう……。

　少し迷ったものの、暁は思い切ってもう一度グラディオに話しかけた。

「俺、今は大学に通ってて、あちこち旅行に行くのが趣味なんです」

　グラディオはあいかわらず胡乱《うろん》な眼差しをよこすだけだ。

「ヴァルニーニへははじめて来ましたが、とても美しい国ですね」

　暁はめげずに言葉を続けた。

「今日、空港から送っていただく間にも素晴らしい景色をたくさん見ました。城の周りに散歩にちょうどいいところがあれば、ぜひ教えていただきたいです」

「そんなことをする暇はない」

ぴしゃりと一蹴《いっしゅう》され、会話が途切れる。取りつく島もない有様に今度こそ言葉を失った。

「アキ」

レオナルドが取りなすように声をかけてくれる。

「ディナーがはじまる。好きな曲があればリクエストしてみないか」

見れば、部屋の奥には室内楽団が控えていた。生演奏を聴きながら食事をするらしいとわかり、別の意味で目を瞠る。

「すごいんだね」

ぎこちないながらも笑ってみせると、テーブルの下でそっと手を重ねられた。

「レオ……」

「気を張らなくていいんだ」

ぎゅっと包みこむように握られる。自分の気持ちなどお見通しなんだろう。こうしてさりげなく気《き》遣《づか》ってくれるやさしさがうれしくて、暁もまたそっとレオナルドの手を握り返した。

「ありがとう。……でもごめん。俺、今すぐは思いつきそうにないや」

「それなら私の好きな曲を演奏させよう。アキもきっと気に入るよ」

レオナルドが使用人にそれを伝え、国王の乾杯で華やかな晩餐会がはじまる。人々の笑い声の間を縫って弦楽の響きが室内を満たした。

おだやかで、心に寄り添うようなやさしい調べ。まるでレオナルドそのもののようで、耳を傾けているうちにささくれていた気持ちもゆっくりと落ち着いていった。

「いい曲だね」

ほっとしたのが表情に出ていたのか、レオナルドもまた笑みを返す。

「ヘンデルのラルゴだ。小さい頃はよく練習したものだよ」

「レオ、ヴァイオリン弾けるんだね。似合うだろうなぁ」

「私のは真似事のようなものだ。アマーレの方が上手だよ」

「アマーレも？　もしかして、王子様はみんな習うものなの？」

「逃げ出したアサド以外は一応な」

思わず噴き出してしまい、慌てて口を押さえながらレオナルドと顔を見合わせまた笑う。おかげで肩の力も抜けたようで、それからは近くに座った人たちと会話を交わす余裕も生まれた。

ゆったりと時間をかけたディナーが終わり、皆は食後酒を楽しむためサロンへ移動して行く。少し遅れて席を立ったところで後ろからアサドに呼び止められた。

「おい」

「アサド。どうしたの」

心なしか目つきが険しい。なにかあったのだろうかと訝《いぶか》る暁に、アサドは単刀直入に告げた。

「おまえの気持ちもわかるがな、ここにはここのやり方ってもんがある」

「え？」

「興味本位で首を突っこむなって言ってんだ。後で痛い目見んのはおまえなんだぞ」

「……それ、どういう意味？」

答えにくいのか、アサドはどこか苦々しい顔をしている。

「アサド」

「わかんなきゃそいつにでも教えてもらえ」

苛立《いらだ》ちを隠しもせずレオナルドを目で差すと、アサドはくるりと踵《きびす》を返した。

どうして急に、そんなこと……。

言葉に詰まる。いくら口が悪くたって、彼はこんな言い方をする人じゃなかったはずだ。とっさに追いかけようとした肩を後ろから掴まれ、引き止められた。

「アキ」

慮《おもんぱか》るようなやさしい声。戸惑い、項垂《うなだ》れる暁を励ますように、レオナルドはポンと肩を叩いた。

「少し、散歩につき合ってくれないか」

「あ……」

そのまま背中を押され、一歩二歩と歩きはじめる。もやもやとしたうまく言葉にできない気持ちを酌み取ってくれたからこそ、レオナルドは返事も待たずにその場を後にしたのだろう。彼らしくない強引なやり方が今はとてもありがたかった。

大理石の床にコツコツとふたりの靴音が響く。そうしてどれくらい歩いただろうか、ふと見上げた大きなガラス扉の向こうに満月が輝いているのが目に入り、暁は思わず足を止めた。

「綺麗……」

「もっと近くで見よう。おいで」

扉を開けると夜の空気が頬を撫でる。その先は広々としたバルコニーに続いており、眼下には点々と明かりを灯《とも》された幻想的な庭園が広がっていた。

冴え冴えとした月明かりの中、言葉もなく肩を並べる。

しばらく無言で目を伏せていたレオナルドが、ようやく重たい口を開いた。

「さっきはすまなかった」

「レオ……？」

「アサドは心配症なんだ。言葉が足りないせいで不快な思いをさせてしまった」

暁は慌てて首をふる。

「そんなことない。俺が……たぶん、お兄さんにしつこくしたから……」

「打ち解けようとしてくれたんだろう？　それなのに非礼をして申し訳なかった。兄のことは私からも謝る」

レオナルドは深々と頭を下げた。

「兄はあのとおり難しい人だ。跡継ぎとして厳しく育てられたせいもあるだろう。私やアサドが好き勝手やっていられるのも、兄が国を背負って立とうとしてくれるおかげなんだ」

「兄弟でも立場が違うんだもんね」

同じ王子でありながら、グラディオは次期国王というだけで他の兄弟とは区別され、育てられたという。

――――自分は、他人とは違う。

そんな感覚を植えつけられたことが彼の人格形成に与えた影響は無視できない。さらには兄弟で遊べない寂しさや、成長するに従い伸しかかる重圧が性格を歪《ゆが》ませ、他人との馴れ合いを極端に嫌う人間にしていったのかもしれなかった。

国を背負うということがどれほどのプレッシャーなのか、自分には想像もつかない。けれどグラディオは今この瞬間も周囲からの厳しい視線に晒《さら》されているのだろう。

レオナルドはもどかしそうに眉根を寄せた。

「王子という立場は羨まれもするが、実際は窮屈《きゅうくつ》に感じることも多い。特にグラディオはそれを痛感しているはずだ」

「レオも……そう感じたりする？」

その瞳が一瞬迷うように揺れる。ややあってレオナルドは寂しそうに嘆息《たんそく》した。

「王子に生まれたからには果たすべき義務がある。それがわかっているのに、いっそひと思いに放り投げてしまいたくなることもあるよ。……できないことだとわかっていてもな」

「レオ……」

いつもおだやかに笑っていたレオナルド。その彼が、こんな思いを抱えているなんてちっとも知らなかった。

「私の使命は国を発展させること、そして国王を支えることだ。そのためにもグラディオとうまくやっていければいいんだが……残念ながら、彼の信頼を得られたことは一度もない」

レオナルドはどこか遠くを見つめながら、「それに」と言葉を続けた。

「さっき言ったろう、放り投げたくなる時があると……。王子の立場を利用しようとする人間は後を絶たない。私にではなく、私が持つ権力にしか興味がないんだ。それが透けて見えるたび虚《むな》しくなる。自分自身を見てもらえないのは堪えるものだよ」

「そんな……」

諦念《ていねん》のため息が零れ落ちる。

「急にこんな話をしてすまない。驚いただろう」

力なく首がふられるのを見た瞬間、胸がぎゅうっと締めつけられるように痛んだ。

彼は今まで、どれだけ虚しさを呑みこんで来たのだろう。どれほど己を奮《ふる》い立たせて来たのだろう。

大切なものが傷つけられている現実に言葉もない。怒りに任せるまま暁は毅然《きぜん》と言い放った。

「冗談じゃない」

「アキ？」

「レオは俺に、ヴァルニーニの素晴らしさを教えてくれた。誇りに思うって言ってくれた。レオがどんなにこの国を大切に思ってるか、俺は知ってるよ。そんなレオを利用しようとするなんて、俺の大切な人を見くびらないで欲しい。俺は絶対に許さないから」

一息に言い切る。レオナルドはしばらく呆然《ぼうぜん》とした後、泣き出しそうに小さく笑った。

「……私のために、怒ってくれるんだな」

潤《うる》んだ瞳が月光に煌めく。それをとても綺麗だと思った。

「レオはさっき、自分やアサドは好き勝手やってるって言ったよね。でも俺はそんなことないと思う。

レオはこの国を発展させるために立派に親善大使を務めてる。アサドだってレオをしっかりサポートしてる。それはヴァルニーニにとって、とても大事なことだと俺は思うよ」

レオナルドが息を呑む。自分の言うことを一言も聞き漏らすまいとする彼をまっすぐ見つめながら、暁はさらに言葉を継いだ。

「どんなに苦労や葛藤《かっとう》があっても、それを背負ってきたんでしょう？　レオはもっと胸を張っていいし、俺に自慢していいんだよ」

「アキ……」

昂《たかぶ》った気持ちを映すようにレオナルドの目がゆらりと揺れる。暁は手を伸ばし、高いところにある頬に触れた。

「俺は、レオのことをわかりたいと思うよ」

その胸の奥深くにある痛みや苦しみを和《やわ》らげてあげたい。自分の力なんて微々《びび》たるものだけれど、それでもレオナルドの助けになりたいのだ。

「今はまだ足りないかもしれないけど、レオのことをもっとちゃんと理解したい。人としても、王子としても、どっちのレオも俺は好きだから」

そう言った瞬間、アメジストの瞳に燃えるような色が灯る。痛いくらいに見つめられ、目を逸らすこともできない。そうして見つめ合っていたのは実際にはわずかな時間だったかもしれないけれど、自分にはそれが五分にも、もっと長いようにも感じられた。

暁の手を上から握り締め、レオナルドは慈《いつく》しむように頬を擦り寄せる。徐々にこわばりが解けていくのを手のひらで感じながら、少しでも彼の心に寄り添えたことにほっとした。

「私はアキに出会えて本当によかった。あの時の偶然を神に感謝したい気分だ」

「レオ」

「会いに来てくれてありがとう」

月を従えたレオナルドがまっすぐに見下ろしてくる。金色の髪は月光を浴びて輪郭《りんかく》をきらきらと輝かせていた。

「俺もヴァルニーニに来てよかった。またレオに会えてよかった。そしてそれを、レオが同じように思ってくれてるのがうれしい」

素直な気持ちを伝えると、レオナルドは眩《まぶ》しいものを見るように目を細めた。

「アキ……」

そっと肩に手を回され、片手で抱えるように引き寄せられる。

夜に響く衣擦《きぬず》れ、よろめく足音。頬に触れるテイルコートのさらりとした感触にさえ胸が鳴った。レオナルドの体温を直《じか》に感じ、なんだか足元がふわふわとなる。鼻孔を擽るやさしい香りに心はゆったりと溶けていった。

「アキといるととてもおだやかな気持ちになる。こんなことははじめてだ」

やわらかなテノールが耳に心地いい。「俺もだよ」と伝えると、さらに強く抱き締められた。

「帰したくないな……」

「今日来たばっかりだよ」

「それでも」

珍しくわがままを言うレオナルドに、彼がそれだけ思ってくれているのだと実感する。暁は安心させるようにアメジストの瞳をまっすぐ見上げた。

「大丈夫だよ。夏休みは一ヶ月以上あるんだから、ね？」

「……そうだな」

レオナルドは一度目を閉じると、気分を変えるように明るく切り出す。

「それなら約束どおり、明日から私にこの国を案内させてくれ」

「いいの？」

「もちろん。ヴァルニーニの素晴らしさをアキに紹介できるなんて光栄だ」

「でも、仕事は……」

「できる限り前倒ししてある。抜かりはないよ」

得意げにウィンクを投げてよこすのがおかしくて、ついつい声を立てて笑った。

「それじゃ、お言葉に甘えようかな」

「喜んで」

明日が待ち切れないなんて久しぶりだ。

そう言うと、レオナルドは「同じ気持ちだ」と満面の笑みでそれに応えた。

翌日、暁はレオナルドとアサドの三人でこっそり街にくり出すことになった。

なるべく目立たない服装をと言われたので、暁はいつものTシャツとジーンズを身につけている。

レオナルドも暁同様、白いサマーニットに麻のパンツという気取らないスタイルだ。昨夜とは印象がガラリと変わり、爽《さわ》やかな笑顔がよく映えた。それとは対称的に、アサドは黒いニットにパンツを合わせている。胸元の大きくあいたデザインのせいか浅黒い肌がやけに艶《なま》めかしく、男らしさをいや増していた。

三人で城の裏手に向かいながらアサドが話しかけてくる。

「夕べは悪かったな」

ぼそりと呟いたきり、居心地悪そうに目を逸らす横顔を見ているうちに擽ったさがじわじわとこみ上げた。

昨夜の忠告が自分のためを思ってしてくれたものなのだと今ならわかる。きっとアサドは、兄弟の微妙な関係に巻きこみたくなかったのだろう。

「アサドってやさしいね」

「な…んだよ。人がこれでもな……」

「うん。わかってる。ありがとう」

礼を言うと、アサドは毒気を抜かれたようにポカンとした。けれど我に返るなり、なぜか暁の髪をぐしゃぐしゃと掻《か》き混ぜる。

「わっ、なにすんのっ」

「るせーよ」

「せっかく頑張って寝癖直したのに」

「どうせ大して変わんないだろ」

そう言ってニッと口端を上げてみせる。

――よかった。いつものアサドだ。

ほっとしながら、すぐ横で笑いを堪えているレオナルドと目で言葉を交わし合った。

「さて、ここだ」

アサドは大きなガレージの前で立ち止まる。壁のボタンを押すとシャッターが上がり、奥に停められている車が見えた。

城で管理するにしては些か地味な、型の古いありふれたセダンだ。黒塗りの高級車でも、真っ赤なスポーツカーでもない。けれどアサドは当たり前のように紺色のセダンに近づくと、早く乗れと言わんばかりに運転席のドアを開けた。

「目立ったら意味ないだろ」

思っていることが顔に出ていたのだろう、アサドが先手を打つ。いそいそと後部座席に乗りこみながら、暁はハンドルを握るアサドに向かって呑気に笑った。

「王子様って、馬に乗ってるイメージだった」

「どこの時代錯誤《さくご》者だおまえは」

アサドはやれやれと肩を竦めながらも、「まぁ、乗馬は普通にやるけどな」とつけ加える。どうやら王族の血統に連なるものの嗜《たしな》みらしい。そういえばヴァイオリンも習うとレオナルドが言っていたことを思い出した暁は、突然「あっ」と声を上げた。

「アマーレは？　一緒じゃなくてよかったの？」

置いて行ったらまた拗《す》ねそうな気がする。

その途端、アサドがバックミラー越しに顔を顰《しか》めた。

「あいつがいたらお忍びどころじゃなくなるだろ」

苦々しい声に彼が言わんとしていることを察し、悪いと思いつつ噴き出してしまう。隣に座るレオナルドがすかさず「大丈夫だよ」と助け船を出した。

「アサドがお土産《みやげ》をたくさん買って帰るさ。アマーレの好きなものはあいつが一番わかってるんだ」

「なるほどね」

運転手そっちのけで顔を見合わせくすくす笑う。賑やかに話しているうちに、ほどなくして三人はヴァルニーニのシンボルである大聖堂に到着した。

「うわ……すごい……」

車を降り、目の前に入っただけでその大きさに圧倒される。暁は息を呑んだまま美しいファサードをふり仰いだ。

歴史を感じさせる風合《ふうあ》いの大理石壁は彫刻やトレサリーで華やかに飾られ、真っ青な空に尖塔が映える。建物の入口は全部で三つあり、中でも一際大きな中央の大扉は繊細なレリーフで埋め尽くされていた。

眩《まばゆ》いばかりの光を浴び、堂々とそびえる姿に言葉もない。十五世紀に建てられて以来、人々の手で大切に守られてきたという大聖堂は、はじめて対峙《たいじ》した暁にも畏怖《いふ》の念を抱かせるに充分だった。

「これがヴァルニーニの象徴だよ」

壁に触れるレオナルドに倣《なら》い、暁もそっと手を伸ばす。ひんやりとした手触りとともに細かな補修の跡を肌で感じ、この建物が積み重ねてきたであろう膨大《ぼうだい》な時間に思いを馳せた。

「どんなに時代が変わっても、変わらず大切にされてきたんだね」

「あぁ。我々ヴァルニーニの民の心の拠《よ》り所だからな。どんなに辛いことがあっても、ここに来ると勇気をもらえる気がするんだ」

誇らしげに語る横顔に迷いはない。王子としてたくさんのものを背負う彼だからこそ、その言葉には重みがあった。ずっと大切にしている場所なのだろう。そこに一番最初に連れて来てくれたことがうれしくて礼を言うと、レオナルドは微笑みながら首をふった。

「私が、アキに見せたかったんだ。アキならわかってくれると思っていた」

「レオ……」

見つめ合ったのも束《つか》の間《ま》、咳払いの声に我に返る。

「ふたりの世界に入ってないで、さっさと行くぞ」

眉間に皺を寄せたアサドが暁たちの間を突っ切って行く。それをポカンと見送った後でおかしくなり、レオナルドと顔を見合わせて噴き出した。

「私たちも行こう」

「うん」

レオナルドに背を押され、期待を胸に大扉に向かう。簡単なセキュリティチェックを経《へ》て一歩足を踏み入れるなり、外の騒々しさ嘘のようにガラリと空気が変わるのを肌で感じた。

明かり取りの窓はあるものの中は薄暗く、目が慣れるまで少しかかる。祈りの場所であるせいか、荘厳《そうごん》な中にもどこか人智《じんち》を越えた力が宿っているように感じられ、厳《おごそ》かな気持ちにさせられた。

しばらくして、少しずつ周囲のものが見えて来るに従い、今度は空間の広さに驚かされる。幾何学模様の床には左右一対の礼拝椅子が整然と並んでいるのが見えた。

呆気《あっけ》に取られる暁に、レオナルドが小さな声で耳打ちする。

「まずはクロッシングまで歩こうか」

「クロッシングって？」

見上げると、レオナルドは心得たように頷いた。

「大聖堂は、真上から見た時に十字架の形になるように造られているんだ。十字の長い方を身廊《しんろう》、短い方を翼廊《よくろう》といって、それらが交差する場所をクロッシングと言うんだよ」

ちょうど人が集まっている辺りだと指を差して教えられる。見ると、その左右には確かに空間が広がっているように見えた。それが翼廊ということだろう。レオナルドのていねいな解説を聞きながら、暁はクロッシングまでを一歩一歩踏み締めた。

「さぁ、着いたよ。見てごらん」

「わ、ぁ……」

見上げた瞬間、息が止まる。花が咲き零れるように、大きな薔薇窓から色とりどりの光が降り注いでいた。まるで夜空を彩る七色《いろ》の花火だ。翼廊の幅ほどもある円形ステンドグラスを見上げながら、思わず感嘆《かんたん》のため息が漏れた。

「信じられない……」

思わず日本語が出る。

言葉の意味はわからないだろうに、レオナルドはうれしそうに「綺麗だろう？」と微笑んだ。

「うん。瞬きするのが惜しいくらい」

「気に入ってもらえてよかった。反対側もまた素晴らしいんだ」

回れ右をして今度は北側の窓を見上げる。その後はひとつひとつ意味を説明してもらいながら内陣《ないじん》障壁《しょうへき》に立ち、高廊《こうろう》の十字架を仰《あお》ぎ見た。大聖堂の最奥陣《さいおうじん》、サンクチュアリを眺めるうちにじんわりと胸が熱くなってくる。

長い間、レオナルドの心を支えてきた場所。

兄との確執《かくしつ》に思い悩むたび、本当の自分を見てもらえない虚しさにやり切れなくなるたび、きっとここを訪れては強く在ろうと己を奮い立たせていたのだろう。この国に支えられてきた大聖堂と、この国を支えようとするレオナルドの目には見えない繋がりがなんだか羨ましくさえ思えた。

「アキ？」

不意に、気遣わしげに顔を覗きこまれる。いつの間にか黙りこんだのを心配してくれたようだ。

「あ、ごめん。見とれちゃってた」

そう言うとレオナルドはふわりと微笑し、「側廊《そくろう》に回ろうか」と先を促す。けれどいくらも行かないうちに、暁は自然と足を止めた。

聖人像や墓碑《ぼひ》が並んだ身廊の一角に、無数の蠟燭が灯され、人々が祈りを捧げている場所がある。すぐ脇には『革命の礎《いしずえ》となりし魂に神のご加護がありますように』と刻まれた石碑《せきひ》が飾られていた。

「レオ、これは……？」

訊《たず》ねた瞬間、レオナルドがわずかに息を詰める。そんな思いがけない反応に、部外者である自分が立ち入ったことを聞いたかもしれないと気になったものの、彼は安心させるように頷いてみせた。

「名もなき偉大な英雄の墓だよ」

「英雄？」

「ヴァルニーニは今でこそ独立国家として認められているが、かつては植民地支配を受け、長い間統治の実権を握られてきた。独立革命が起きたのは十八世紀の終わり頃――ここにある石碑は、革命で命を落とした人々の魂の救済を願うものだ」

戦いによって何千何万という尊い命が犠牲《ぎせい》となり、石畳を染めた血の上に国は新しい産声《うぶごえ》を上げた。

だから決して忘れてはならないのだとレオナルドは言う。

「自分たちの手で国を取り戻したことを私は誇りに思っている。ヴァルニーニが今こうして在るのはすべて勇敢《ゆうかん》な彼らのおかげだ」

レオナルドは顔を上げ、労るように石碑を見つめた。

「だが現実問題、課題は多い。ヴァルニーニのような小国が列強と肩を並べることは不可能だ。今も植民地時代の面影が色濃く残っているし、近隣諸国との軋轢《あつれき》もないわけではない。うまく折り合いをつけながら存続させていると言った方が適切かもしれないな」

「そう、なんだ……」

表向き華やかに見えたこの国が、そんな問題を抱えていたなんて。

「でも、古い習慣が少しずつ変わっていったり、独立国として新しい関係を望む国が出て来てもおかしくないんじゃないかな」

「アキの言うとおり、ヴァルニーニと同盟関係を結ぶ国もある。アサドの母上、カマル様が生まれたラーマがそうだ」

「アサドのお母さん？」

「あぁ。カマル様は二国の友好の証としてヴァルニーニに嫁いだ元ラーマ国王女なんだよ。もともと身体が弱いせいもあって、あまり公《おおやけ》の場には姿を見せないが……」

どうりで昨夜のパーティでは会えなかったはずだ。

「それに……言いにくいことだが、カマル様に王妃の地位はない。政略結婚という形を取ってはいるが、この国では一夫多妻が認められない」

「だからアサドは妾腹って……」

「そういうことだ」

正式な婚姻《こんいん》を認められないまま、友好関係成就《じょうじゅ》の証として生まれたのがアサドだったということか。半《なか》ば国王の血を引いているだけにアサドは複雑な存在だろう。それは彼の母親であるカマルや、レオナルドにとっても同じに違いない。

「兄弟なのに……」

顔を曇らせる暁に、レオナルドはそっと首をふった。

「私とアサドは母親こそ違うが、同じ父を持ち、同じ日に生まれた。私はこれを神が与えた運命だと思っているよ」

「レオ……」

「レオナルドという名は、ラテン語のLeoに由来すると言ったことを覚えているか？　アサドの名はカマル様の故郷の言葉――アラブ語のAsadから取られた。ふたりとも『獅子』という意味だ」

レオナルドが国を守り、そのレオナルドをアサドが守る。まるで一対のようなふたりの結びつきに、彼がこれを運命と言った気持ちがわかる気がした。

「双子みたいだね」

「確かにそうかもしれない。まぁもっとも、性格は正反対だが」

肩を竦めるのにつられて笑う。

「言えてる。同じ獅子でもレオは気高さの象徴で、アサドは戦士って感じだもんね」

まさに第二王子と従者の関係そのものだ。

「獅子に由来したのにはなにか理由があるの？」

「私たちの名はヴァルニーニの国旗に因《ちな》んでいるんだ。……あぁ、まだ見せたことがなかったな」

レオナルドは手にしていた大聖堂のパンフレットを広げ、そこに印刷された国旗を指した。

中央に一本の短剣が描かれ、その両脇には一対の獅子が太陽と月を咥《くわ》えて向き合っている。背景は上から順に青、白、赤の三段に塗り分けられ、青は威信を、白は博愛を、赤は革命で流された血をそれぞれ表しているのだそうだ。

「私たちはこの獅子のように兄を助け、国を守るようにと名づけられた。グラディオは、ラテン語で『短剣』を意味する。正当な王位継承者として生まれた兄にこの名を授けた父が、兄弟たちにもそれぞれ国旗をもとに名をつけたんだ」

「じゃあアマーレも？」

「あぁ。彼の場合はこの土台に当たる白い部分、『博愛』に由来しているんだよ」

「レオたちをさらに支えるってことか……」

それまで個々に存在していたものが、ひとつに重なってゆくことに感動を覚える。はじめて会った時、レオナルドが「名前には大切な意味があるのだろう」と訊ねた理由がよくわかった。

「ラーマとのこともあって、私たち兄弟が生まれる少し前から外交政策は重要性を増していた。国旗は国のアイデンティティそのものだけに、父は象徴的な意味をこめたかったのだと思うよ」

静かに話し終えたレオナルドは、窺うようにこちらを見た。

「少し重たい話をしてしまったな」

「レオ？」

「だが私は、アキにこの国のことを知っていて欲しかったんだ」

じわりと熱くなる胸を押さえながら深く頷く。

「国のことも、みんなのことも、教えてくれてうれしいよ。……言ったでしょう、俺はレオのことをもっとちゃんとわかりたいんだ。だからレオに繋がるものを知っていけるのはすごくうれしい」

気持ちを落ち着けるために目を伏せ、小さく吐息すると、暁は再び遠くから十字架を見つめた。

「いろんな国に行ったからかな……、俺ね、なんとなくわかるんだ。その国の人がしあわせに暮らしてるかどうか。ここに来て、ヴァルニーニの人たちがこの国をすごく大切にしてることが伝わってきたよ。それはきっと、レオたちが国のために精一杯尽くそうとしてるからだよね」

互いに支え合い、祈りを捧げてきた。この場所を中心として民の心は強く結びついている。

「俺がヴァルニーニの人間だったらレオたちのことを誇りに思う。外国の友達ができたら一番に自慢するだろうな。王子だからじゃなく、ひとりの人間としてこの国を愛してくれるレオがいるんだって」

「アキ……」

その声がわずかに震えたような気がして視線を引き戻される。

「アキがいてくれてよかった。アキの言葉に私がどれだけ救われているか……」

俯きながら紡がれた言葉の重さに、暁はそっと唇を噛んだ。

持てるものをすべて持って生まれたはずのレオナルド。それなのに心は日々の軋轢に疲弊《ひへい》し、静かに悲鳴を上げていたのだろう。気高く、誇り高き孤高の魂《たましい》。どうかその心が少しでも安らかであるようにと願わずにはいられなかった。

「俺は、なにがあってもレオの味方だからね」

レオナルドは弾かれたように顔を上げ、真剣な表情でこちらをじっと見つめてくる。それを正面から受け止め頷いてみせると、レオナルドは静かに安堵《あんど》のため息を漏らした。

「ありがとう……」

そっと肩を引き寄せられ、あたたかな腕に包まれる。そうしていると身体だけでなく心まで寄り添ったように感じられ、暁はそのまま目を閉じた。

どれくらいそうしていただろう、髪を撫でていたレオナルドがふと手を止める。

「やっぱり帰したくないな」

自分で言っていておかしくなったのか、彼は悪戯っ子のようにくすりと笑った。

「アキといられる一分一秒が過ぎるのが惜しい。誰かといて、こんなふうに思ったのははじめてだ。アキのためならなんでもしたい。喜ばせてあげたいと思うんだよ」

「レオ……」

これではまるで告白だ。男同士だし、そんな意味じゃないと頭ではわかっていても瞬《またた》く間に頬が熱くなった。

「あぁ、頬が薔薇色だな」

確かめるように頬を撫でられ、ますます鼓動が跳ね上がる。はじめて触れられた時とはまた違う印象に胸を高鳴らせながら、暁は慌ててレオナルドの腕から抜け出した。

「レ、レオがすごいこと言うからでしょ」

「素直な気持ちを打ち明けただけだ」

「そういうのは大切な相手に言いなよ」

「私にとってはアキしかいない」

「……！」

胸が鳴り過ぎて痛い。顔を見られるのが恥ずかしくて、暁は思い切って踵を返した。

「そろそろ行こう。アサドはもう外に出ちゃったみたいだし」

先に立って歩き出そうとした途端、手首を摑まれ引き戻される。

「私を置いて行くのか？」

ふり返ると、満面の笑みが「一緒に行こう」と告げていた。

「もう、手のかかる王子様だな」

「面と向かってそんなことを言うのはアキぐらいだ」

「なんでそんなにうれしそうなの」

「アキが喜ばせてくれるからだよ」

「なんだよ、もう」

苦笑してみせると、それを見たレオナルドはますます相好を崩す。普段は大人っぽく振る舞うくせに、こんな時だけ見せるあどけない表情にますます強く惹《ひ》きつけられた。

息をするだけでドキドキするなんて、自分が自分じゃなくなったみたいだ。己の変化に戸惑いながらも、それをもう少しだけ味わっていたくて心地いい痺れに身を任せる。

外に出ると、アサドが大扉の脇で辛抱強く待っていた。

「随分長いご見学だったなぁ、おい」

こちらを一瞥するなり、待ちくたびれたと言わんばかりにポキポキと首を鳴らしてみせる。

「ご、ごめん」

「ほら、次行くぞ」

なんとなく恥ずかしくてまともにアサドの顔が見られない。けれどそんな暁などお構いなしに、従者はさっさと歩きはじめる。遅れないようについて行きながらチラとレオナルドを見上げると、視線に気づいた彼はアサドの目を盗んでそっと人差し指を唇に当てた。

――ふたりだけの秘密だ。

そう言われたような気がして、暁は再び頬を熱くするのだった。


その後は市場で食べものを買いこみ、市内が一望できる丘の上でそれを広げる。幸いこの日は他に人もおらず、眼下に広がる素晴らしい眺望《ちょうぼう》を独り占めすることができた。

やわらかな草の上に腰を下ろし、パンに挟まれたランプレドットを一口頬張《ほおば》る。牛の内臓を長時間煮込んだというだけあって見た目はややインパクトがあったが、食べてみると意外とあっさりしていて後を引いた。

「おいしい！」

「そうか。口に合ってよかった」

レオナルドはにこにこしながら次々と包みを開けてくれる。

「私も、普段はなかなか食べる機会がないから楽しみにしていたんだ」

「売ってるおじさんたちも気さくでいい人だったよね」

市場でのやり取りを思い出し、顔を見合わせてくすりと笑う。その傍《そば》でアサドは聞こえないふりをしていた。

食料品から生活雑貨、靴や鞄《かばん》に至るまでなんでも揃うというだけあって市の規模はかなり大きなものだった。建物の周囲にもテントがずらりと軒を連《つら》ね、行き交う人々でごった返す。活気があるのは中も同じで、山のように積み上げられたチーズの上には生ハムの塊《かたまり》がぶら下がり、野菜に魚、ワインにオリーブとあらゆるものが並ぶ様はまさに圧巻の一言だった。

暁が歓声を上げるたびにレオナルドの頬がゆるむ。「あれもおいしいんだ。食べるだろう？」と次々ショーケースを指差す姿は宝物を自慢する子供のようで、暁が気に入ったものはなんでも買い上げるようアサドに命じた。

大変だったのはアサドだ。普段はしっかり者のレオナルドが羽目を外したことで自分がストッパーにならざるを得ず、軍資金が底を尽きぬよう値引き交渉に孤軍奮闘した。

相手が国王の息子とは夢にも思わぬ市場の男たちは、威勢のいいアサドを気に入り「これも食べてみろ」「それも持って行け」とやたらと構った。終いには荷物だけで両手が一杯になったほどだ。

「アサドにあんな特技があるなんて知らなかったな」

「誰のせいだと思ってんだ」

「おまけもしてもらえてよかったね」

「そりゃ、こんだけ買ったらな」

アサドは顔を顰めながらパニーノにかぶりつく。照れ隠しなのか、拗ねた様子がおかしくて暁は声を立てて笑った。

国として複雑な事情を抱えているにも拘わらず、そこに住む人々は皆明るく気さくで、とてもやさしい。わずか一日いただけなのに、今やすっかりこの国に魅せられている自分がいた。

「ヴァルニーニに来られてよかった」

「アキ？」

「こうして案内してもらえて、レオが素晴らしい国だって言った理由がよくわかったんだ。俺、ヴァルニーニがますます好きになったよ」

そう言うと、ふたりは食事の手を止めてこちらを見た。

「光栄だな」

レオナルドが胸に手を当てれば、アサドもまた得意げに口角を上げる。

「まだまだこんなもんじゃないぜ？」

ふたりの獅子は目を見合わせ、息もぴったりに次々と見所を挙げはじめた。

「革命広場の鐘の音をアキにも聞かせてあげたいな。独立を記念して建てられた鐘楼《しょうろう》なんだ。丘の上まで響く音色は重みがあってとても素敵だよ」

「広場に行くなら立ち寄るといい。サン・バティス教会のフレスコ画は一見の価値ありだぜ」

「絵画や彫刻に興味があるなら美術館にも案内しよう。先人たちの残した偉大な芸術をぜひその目で見て欲しい」

「そいつを楽しんだ後はアウトドア、思い切って海って手もある」

「アドリア海のクルーズもいいな。紺碧の海に心が洗われるよ」

「港の傍には遺跡もあるしな」

「貿易拠点だったから、大きな石造りの砦《とりで》があるんだ。砲台も残ってる」

息吐く間もなく畳みこまれ、思わずポカンと口を開ける。けれどだんだんおかしくなってきて暁はぷっと噴き出した。

「すごいよ、ふたりとも」

「どうした？」

「本当に、この国のことが好きなんだなぁと思って。じゃなきゃあんなに熱っぽく語れないよね」

その言葉に、レオナルドは誇らしげに微笑する。

「歴史を知って、今を見てくれ。どちらも気に入ると思うから」

同じように首肯《しゅこう》するアサドを見ながら、暁はしみじみと呟いた。

「俺も、ヴァルニーニのためになにかできたらいいのになぁ」

大聖堂のパンフレットを撫でながら言葉を継ぐ。

「もちろん俺は違う国の人間だし、力だって微々たるものかもしれないけど……せめてここにいる間だけでもこの国の役に立てたらいいのに」

「ありがとう。うれしいよ」

レオナルドに引き寄せられ、そのままあたたかい胸に頬を埋める。

「アキは自分のことを謙遜して言うが、もうとっくにこの国のために力になってくれているんだよ」

「ほんと？」

「いつでも私の欲しい言葉で私を勇気づけてくれるだろう？　こんなふうにね」

「レオ……」

至近距離で見つめ合られた途端、美しいアメジストの瞳に吸いこまれそうになる。頬に影を落とす金色の睫毛に暁はうっとりと目を細めた。

「公然とイチャつくんじゃやない」

「わっ」

アサドの咳払いで我に返る。頬がかあっと熱くなるのが自分でもわかった。

「見てるこっちが恥ずかしい。少しは自重しろ」

「あまりアキをじろじろ見ないでくれ」

「心配しなくたって誰も取って食いやしねぇよ」

話がよくわからない方向に流れかけた、その時。

「やっと見つけた！」

不意に甲高い声が響く。ふり返ると、そこにはお供を連れたアマーレが口をへの字に曲げて仁王立《におうだ》ちしていた。

「アマーレ。どうしたんだ」

「おまえまで抜け出して来たのか？」

兄たちが訊ねても答えるどころか、ますます頬を膨らますばかりだ。どうやらいなくなったアサドたちを捜して回っていたらしい。

「また僕だけ除け者にしてっ」

「まぁ、そう言うなよ」

「三人だけで狡《ずる》いだろっ」

「悪いが大人の事情ってやつだ」

プリプリ怒っているアマーレに聞く耳などないようだ。不満の集中砲火を浴びながらアサドは首をこちらに向けた。

「おい、俺は苦情処理班か」

褐色の眉間には深々と縦皺が刻まれている。けれどレオナルドは助けるどころか、先ほどの仕返しとばかりに肩を竦めた。

「どちらかというと爆発物処理班だな」

「うまいこと言ってる場合か。おまえも手伝えよ」

「適材適所だ」

「アサド！」

軽口を叩きはじめた兄をアマーレが一喝《いっかつ》する。そのあまりの賑やかさに暁はつい笑ってしまった。

「これも兄弟喧嘩って言うのかなぁ」

するとすかさずアマーレがキッとこちらを睨む。

「おまえばっかり狡い」

ふたりと出かけたことを言っているのだろう。謝る暁をアサドが庇《かば》った。

「こいつは、おまえを連れて行かなくていいのかって言ったんだ。断ったのは俺たちだ。だからこいつは悪くない」

「アキの肩持つのかよ」

アマーレは俯き、上目遣いにアサドを見上げる。拗ねているのが丸わかりでなんだかかわいく思えてしまった。

なんだかんだ言ってもまだ十七歳だもんな……。

暁は戦利品の中から小さな包みを取り出し、アマーレに差し出す。

「ごめんね、アマーレ。許してくれるとうれしいな」

「なに、これ」

「さっき市場で買ったんだ。包み紙がかわいいでしょ？　お店の人はおいしいって言ってたよ」

「中身がなにかもわからずに買ったわけ？　変わってんね」

憎まれ口を叩きながらアマーレはぞんざいに包みを受け取る。唇を尖《とが》らせたまま包装紙を剝《む》く無防備な姿が微笑ましくて、笑いを堪えるのになかなかな苦労を強《し》いられた。

「……あ」

包装を取るなり、アマーレはパッと顔を輝かせる。どうやらゼリービーンズのようだ。その頬がみるみる薔薇色に染まっていくのを見守りながら、暁はほっと胸を撫で下ろした。

「こ、こ、これで済んだと思うなよ」

まるでどこかの悪党のような捨て台詞を吐くなり、いそいそと瓶《びん》の蓋を開ける姿は年齢以上に彼を幼く見せる。

「ねぇ、ひとつちょうだい？」

「……ひとつだけだぞ」

「あ、おいしい。これオレンジの味がする。そっちの黄色いのはパイナップルかな」

「違う、レモン。……これ酸っぱい。アキにあげる」

瓶の中から黄色いゼリーだけ器用に選《よ》ってくれるので、暁もお礼にピンクのゼリーをひとつ摘《つ》まみ、アマーレの口に入れてやった。

「いちご？」

「うん、いちご」

「おいしい？」

「うん、これはおいしい」

暁が笑みを向けると、甘いものでガードがゆるんだらしいアマーレも同じようににっこりと笑う。

これは何味だ、舌に色がついたとはしゃぐふたりを遠目に見ながら、アサドは思い切り眉を顰めた。

「お子様がふたりに増えたじゃねぇか」

「あぁ、かわいいな」

ギョッとするアサドなどお構いなしにレオナルドは目を細める。

「ああしていると本当に天使みたいだ」

「アマーレのことか？」

「私にはアキが天使に見えるが？」

「……」

「……」

欲目というやつだな、と無言のうちに頷き合うふたりをよそに、天使たちは仲良くお菓子を分け合うのだった。


それからというもの、四人は毎日のようにあちこちを見て回った。

最初のうちこそ仲間外れにされたことを根に持っていたアマーレだったが、今やすっかりこの隠密《おんみつ》行動が気に入ったようだ。もともと犯罪の少ない国ということもあり、護衛としてアサドがつくなら四人だけで出歩くことの許可ももらった。

今日の目的地である旧市街は、高い城壁に囲まれていたおかげで今もなお中世の面影を色濃く残す歴史地区だ。細い道が複雑に入り組んでいるのも、万が一敵が侵入した際は城への経路を攪乱《かくらん》する狙《ねら》いがあったのだという。

そんな話を聞きながら、壁から突き出た鉄製の馬止めを一撫でする。馬を繋いでいた頃の名残だ。

軒先には年季の入った飾り看板がぶら下がり、その下では猫が時折尻尾《しっぽ》を揺らしながらのんびりと昼寝を楽しんでいた。

まるで中世のまま時が止まってしまったようだ。昔から変わったものがあるとすれば、色とりどりのラッピングを施《ほどこ》した土産物のワゴンぐらいだろう。そしてそれに一番目を輝かせているのはなぜか地元民のアマーレだった。

「なにあれ！」

お菓子を見つけるたびに歓声が上がる。キラキラした目でふり返られるせいで、気の毒に、またもアサドは散財する羽目になった。

「これなら置いて来た方がマシだったな……」

ぼやくアサドにアマーレが唇を尖らせる。

「そしたら車に載り切らないほど買ってもらうんだからね」

「本気かよ」

「当然でしょ」

なんだかんだ言っても弟には弱いらしい。ふたりのやり取りを見ていた暁たちも顔を見合わせてくすりと笑った。

「アサドもかわいいとこあるよね」

「本人に言うと怒るけどな」

アーモンド菓子を買わされているアサドに苦笑しながら、暁たちは先に坂を下って行く。その途中、とある店の前で暁はふと足を止めた。

しゃれた白い庇の下にぶら下がる古めかしい飾り看板。ディスプレイされているのは手作りのアクセサリーだろうか、職人と思《おぼ》しき男性が奥で作業しているのが見えた。

「銀細工の工房だよ」

レオナルドが後ろから教えてくれる。

「ヴァルニーニの伝統工芸なんだ。銀の採掘が盛んだった十九世紀半ばは、銀細工職人の店で通りが埋まったこともあったそうだ」

「そんなに！」

目を丸くする暁に小さく笑うと、レオナルドはひとつひとつ指差しながら説明してくれた。

「見てごらん。同じ形でも全部模様が違うだろう」

「あ、ほんとだ」

飾られているのはごくシンプルなペンダントトップだ。ざっと見ただけでも三十個はあるだろうか、けれどそこに彫られた模様にどれひとつとして同じものはない。同一のモチーフを使っていてもその形や向き、組み合わせ方に至るまですべて変えてデザインされているようだった。

「細かいなぁ。何種類くらいあるんだろ」

「恐らく百は下らないだろうな。昔から受け継いだものもあれば、現代になって新しくデザインされるものもある」

「ああやって、ひとつひとつ手作りしてるんだね」

一心に机に向かっている職人の手元をじっと見つめる。レオナルドは「気になるなら中に入るか？」と勧めてくれたが、そこはていねいに辞退した。

「俺、装飾品のことはよくわからないんだ。普段もほとんどつけないし……」

「興味がない？」

「そんなことはないよ。ただ、旅行のためにってつい節約しちゃうだけで」

贅沢をしそうになるたび、「この五千円があれば、旅先でもう一泊できる」と考えるのが癖になっているのだ。

「アキはしっかりしているな。少しは見習えとアサドに怒られそうだ」

「市場で散財させたもんね」

その時のことを思い出して笑いながら、暁は「でも」と言葉を継いだ。

「意味を持ってお金を使うのは悪いことじゃないと思うよ。たとえばこのペンダントだって、ただの飾りっていうなら高いかもしれないけど、大事な意味をこめて身につけるならお金では買えない価値が生まれるんじゃないかな」

レオナルドはそれを聞いてなにか閃いたようだ。

「それならもうひとつ、いい話をしよう」

「いい話？」

「模様がひとつひとつ違うのは、それぞれに意味があるからなんだ。これは願いが叶うように。これはいいパートナーに巡り会えるように」

「へぇ。なんだか御守りみたいだね」

「叔母は代々受け継いだペンダントをしているよ」

「そういうのっていいなぁ。逆に、自分で選ぼうと思ったら迷いそうだね。レオならどれにする？」

「私か？」

レオナルドはウィンドウを見回し、少し考えた後で百合を彫ったペンダントトップを指す。それが『真実の愛』を意味するのだと教えられ、なぜか聞いている自分の方が照れてしまった。

「レオはロマンティストだよね。そういうこと言ってもキザに見えないのがすごい」

「褒め言葉と受け取るべきか、悩ましいな」

「褒めてるってば」

苦笑すると、レオナルドは楽しそうに首を傾げた。

「アキならどれにするんだ？」

「俺は……」

あらためて銀細工を見下ろす。こめられた意味はどれも魅力的だったけれど、暁は中でも一番心に響いた『希望』を意味する光のモチーフを指差した。

「俺には一生を捧げる仕事も、心に決めた人もまだいないけど、それはこれから自分の努力で得るものだと思ってる。だから、いつも希望を忘れないように」

格好よく言うとだけどねと照れ笑いながら顔を上げる。その瞬間、レオナルドはハッとしたように口を噤《つぐ》み、それからそろそろと息を吐き出した。

「……そう、だな。アキならきっと、自分の手で運命を切り開いていけるだろう。世界に向かって羽ばたいて行く姿をこの目で見られないのは残念だが」

「え？」

寂しそうに微笑むのを見ているうちに胸の奥がざわっとなる。どういう意味なのかが気になったけれど、なんとなく聞いてはいけないような気がして暁は言葉を呑みこんだ。

そうして見つめ合っていたのはほんの数秒のことだったろう。嘆息したレオナルドが沈黙を破り、今しがたの発言を取り消すように首をふった。

「おかしなことを言ったな。困らせて悪かった」

「レオ」

「アキこそ私の希望の光だよ。心からそう思っている」

そっと頬に手が伸ばされる。大切な宝物に触れるように頬を撫でられ、指先から伝わるやさしさに気持ちが少しずつ和らぐのがわかった。

慈愛に満ちた眼差しに先ほどまでの翳りは見えない。それでもなお見上げていると、レオナルドは少し困ったように眉を下げた。

「そんなに見つめないでくれ。またわがままを言いたくなる」

「もう。なんだよ、それ」

顔を見合わせてくすりと笑う。

そこに、ようやく買い物が一段落したらしいアサドたちが合流した。ご機嫌のアマーレとは対称的に、両手一杯の荷物を抱えたアサドは些かぐったりしている。

「すごい量だね」

「容赦なさ過ぎだろ、いくらなんでも」

どうやらアマーレにせがまれるまま荷物持ちにされたらしい。眉間に皺を寄せる色男に悪いとは思いつつ、暁はぷっと噴き出した。

「アマーレにはやっぱり甘いんだなぁ」

「いちいち相手する俺の身にもなれよ」

「でもなんだかんだ言いつつ楽しそうだよ？」

「言ってろ。……とにかく、俺はカフェで一休みしたいんだ。アマーレの面倒は見ておくから、おまえらはクーポラでも昇って来い」

アサドの言葉に、レオナルドはなぜか空を見上げる。

「そうだな。ちょうどいい時間だろう」

「俺に感謝しろよ？」

「わかってる」

ふたりは目を見合わせ、小さく笑った。

さすが生まれながらの一対と言うべきか、獅子たちは時々こうして目だけで会話をする。ふたりの間に流れる特別な空気に淡い憧憬《どうけい》を抱かずにはいられなかった。

レオナルドに促されるまま建物の左奥から中に入る。

ゲートを潜るなり、古めかしい石段がどこまでも続くのが見えた。螺旋《らせん》状になった階段の幅はかなり狭く、上りと下りで人が擦れ違うのもやっとなほどだ。所々に小さな明かりは設置されているものの光量が足らず、時々階段から足を踏み外しては何度もヒヤリとさせられた。

ひたすら足元を見つめたまま暗い階段を歩いていると、ずっと同じところをぐるぐる回っているような錯覚に囚われてしまう。時々ふり返っては「大丈夫か？」と声をかけてくれるレオナルドを頼りに数百段の階段を昇り切り、ようやくのことで頂上に辿り着く頃にはすっかり息が上がっていた。

「わぁ！」

階段から顔を出した瞬間、真っ赤な夕日が目に飛びこんで来る。汗で貼りついた前髪もそのままに暁はフェンスに駆け寄った。

どこまでも続くくすんだオレンジ煉瓦。生成りの壁は夕映《ゆうば》えに染まり、眩いばかりに輝いている。辺り一面を橙《だいだい》で埋め尽くし、夕日は西の空に沈もうとしていた。

美しいなんてありふれた言葉じゃとても足りない。胸の奥を揺さぶられるような、強く、そして深い感動が湧き起こる。風に乗って聞こえてきた革命広場の鐘の音ともあいまって、なんだか胸が一杯になってしまった。

「これがヴァルニーニだ」

隣に立つレオナルドの言葉に様々な思いがこめられているのを肌で感じ、暁は何度も頷いた。

「あぁ、そうか……そうなんだね……」

レオナルドの気持ちがゆっくりと流れこんで来る。

「国を愛しいって思う気持ちって、これでしょう？」

「あぁ。この景色を見るたび、この国を守ろうと強く思うよ。私はここで生まれ、ここで生きてきた。そしてこれからもヴァルニーニとともに生きていくんだ」

まっすぐな眼差し。確固たる信念に胸がじんと熱くなった。

「連れて来てくれてありがとう。この景色をレオと一緒に見られてよかった」

「私もだ」

そのまま並んで夕日を見つめる。

少し風が出て来たからか、ふと気づくとあれほどいた観光客たちは皆どこかに行ってしまったようだった。ガランとしたクーポラが急に寒々しく思え、項《うなじ》を撫でる風に身震いする。気遣わしげに髪を梳かれて暁は慌てて上を向いた。

「汗を掻いたから冷えるだろう。戻ろうか？」

「ううん、もうちょっとだけ……。ヴァルニーニを目に焼きつけたいんだ」

レオナルドは一瞬、驚いたように言葉を詰まらせる。しばらくしてそろそろと息を吐き出すと、真剣な表情で見下ろした。

「私もアキに覚えていて欲しい。これから先、なにがあっても」

「……レオ？」

珍しく強い口調に戸惑う。

けれどレオナルドは迷うことなく一息に告げた。

「アキがいつ、どこで、誰といても、私はアキのことを思っている。だからこの国でともに過ごした日々をどうか忘れないでいて欲しい」

まるで別れのような言葉に不安が過《よ》ぎる。レオナルドはどうしてそんなことを言うんだろう。この先自分たちに接点はないと言われているようで、ひどく落ち着かない気分になった。

「レオ、俺……」

言いかけてすぐに言葉を呑む。アメジストの瞳には切実さとともに、どうすることもできないものへの静かな諦念が滲んでいた。

あぁ、そうか――。

それを見た瞬間、ようやく悟る。

これから先、またこの国を訪れる機会に恵まれるかどうかはわからない。再びこの場所に立てる保証なんてどこにもないし、ましてやその時、レオナルドが隣にいる可能性はもっと低いだろう。

彼が「一分一秒が過ぎるのが惜しい」と言った時、自分は大袈裟だと笑った。けれどレオナルドはわかっていたのだ。自分たちの時間が有限であることも、二度と会えないかもしれないということも。

だって立場が違い過ぎる。

片や一国を担《にな》う第二王子、此方《こなた》一般家庭の大学生だ。レオナルドが王子だろうと普通の人間だろうと自分にとって変わりなくても、周囲にとっては同じではない。たくさんのものを背負い、この国のために尽くすレオナルドが、個人の思いだけで一般人を贔屓《ひいき》できるわけなどないのだ。彼が負う責任が重くなればなるほどその傾向は強まっていくだろう。普通の友人のように接していたせいでそんな簡単なことにも気づかずにいた。

　彼を日本で見送った、あの時ならまだ平気だった。いつかどこかで会えたらいいなと思っている頃ならこんな気持ちにはならなかった。

　でも、今は……。

　胸の奥がぎゅうっと痛む。ここで過ごした時間が長くなるほど、離れがたくなっていることにようやく気づいた。

　誰かと出会ってこんなふうになるのははじめてで、どうしたらいいかわからない。ヒリヒリと焼けるような焦燥感《しょうそうかん》に何度喉を鳴らしても、足元から崩れ落ちそうな感覚は拭えなかった。

　鐘はまだ続いている。まるで今この瞬間を少しでも長く留めておきたいという暁の気持ちに応えるように、重厚な音色は辺り一帯を包みこんだ。

「アキ」

　いつしか黙りこんでいたのを心配してくれたのか、レオナルドが顔を覗きこんで来る。その目を見返しながら、これまで触れられずにいた不安の糸が一本に繋がるのを感じた。

　気づくのが恐かったのだ、と。

「……俺、鈍《にぶ》くてごめん」

「どうした？」

「毎日が楽しくて考えもしなかった。今がずっとは続かないんだって……。当たり前のことなのに、ばかだよね」

俯いた顔が自嘲《じちょう》に歪む。

「アキ、こっちを向いて」

恐る恐る顔を上げる暁に、レオナルドは真剣な表情で頷いた。

「私も同じ気持ちだ。毎日、時間を止めてしまいたいと思ってる」

「レオ……」

腹の底にじわじわと熱いものが広がってゆく。けれどレオナルドは目を伏せ、己に言い聞かせるように呟いた。

「わかっているんだ。そんなことができないことも、仮にできたとしても、やってはいけないことだということも……。私には、アキの未来を自由にする権利はないのだからね」

贔屓でなく、友達でもなく、対等に繋がり合える方法が思いつかない。眉間に深い皺を寄せるレオナルドを見ながら暁は悔しさに奥歯を噛んだ。

この国に生まれればよかった。レオナルドと同じ立場の人間として生まれればよかった。そうすれば離れることも、二度と会えなくなることもなかったのに。

それがどんなにばかげた考えかはわかってる。日本人としてあの時あの道を歩いていなければレオナルドとは出会わなかった。互いの本音を話さなければヴァルニーニに興味を持つことも、もう一度ここで会うこともなかった。すべては必然だったのだ。レオナルドに出会うため、そして彼に惹かれるための。

こんな気持ちを抱えたまま、それでも別れの日はやって来る。遣り切れない思いに強く唇を噛むと、窘《たしな》めるように頬に手が伸ばされた。

「傷になる」

こんな時でさえ、そんなことを気にしてくれるのがレオナルドらしい。うれしさと切なさで頭の中がごちゃごちゃになり、力なく笑うことしかできなかった。

「レオはやさしいね」

レオナルドは黙って見下ろしている。まるで心の奥まで見透かすような眼差しに、暁は瞬きも忘れてただ見入った。

少しの沈黙の後、レオナルドがおもむろに口を開く。

「ひとつだけ、わがままを聞いてくれないか」

「え？」

「私の魂の半分をアキに預けたい」

思いがけない申し出に目を瞠る暁に、レオナルドは「この国に古くから伝わるおまじないなんだ」と言葉を継いだ。

「戦地に赴《おもむ》く夫や恋人が生きて帰るよう、戸口でキスをしたのがはじまりだと言われている。遠くに行くものの安全を願って、この地に残るものの魂を半分預けるんだ」

魂は神から与えられた分かつべからざるものだ。だからこそ、大切なもののために差し出せる最大限の代償という意味を持つという。

「キス……」

息を呑む暁に、レオナルドはゆっくりと頷いた。

「そうすれば、離れていても心はずっと寄り添っていられる」

レオナルドは自らの左胸に手を当てると、想いを受け渡すように手のひらを暁の胸まで伸ばす。そっと心臓の上を覆われた瞬間、受け取るものの重さに暁はハッと我に返った。

レオナルドは王子としてこの国を守る存在だ。その魂は彼の、そしてヴァルニーニのものだろう。国も立場もなにもかも違う自分がもらっていいわけがない。

こみ上げる衝動を堪え、暁は静かに首をふった。

「……俺なんかに、そんなことしちゃだめだよ」

「アキ？」

「ずっと一緒にいられない相手に大事なものを渡しちゃだめだ」

「違う。だからこそ……」

「レオ」

言い募ろうとする語尾を奪う。なおも眼差しで訴える相手に暁はゆっくりと目を細めた。

「大切に思ってくれてるからこそ、そう言ってくれたんだよね。すごくうれしかった。ありがとう」

「アキ、なにを……」

「でも、だめなんだ。俺がだめなんだ」

「どうして」

「だって！　そんなことしたら……余計にレオのことが忘れられなくなる」

おかしいでしょうと続ける声がみっともなく掠れる。せめて笑おうとしたのに、それもうまくできなかった。

情けない顔を見せたくなくて俯いた途端、強い力で抱き締められる。

「忘れさせたくない」

耳元で聞こえる低い声。

「忘れなくなればいいのに」

「レオ……」

彼らしくもない、独占欲さえ滲ませた言葉に胸が疼《うず》く。小刻みに震える肩をレオナルドがぎゅっと抱きこんだ。

「すまない。怯《おび》えさせるつもりはなかったんだ」

「違…」

言いかけて、口を噤む。うれしかったなどと言えるはずもない。

「アキが嫌なら無理強いはしないよ」

そっと身体を離され、至近距離で向かい合う。見上げたアメジストの瞳は真意を見極めようとするように深い色を湛えていた。

「だが、少しでも私を想ってくれているのなら、どうか受け取って欲しい」

「……っ」

その瞬間、熱いものが胸の奥から湧き上がる。同時に、これまで形を成さなかった感情がはっきりと輪郭を持ちはじめるのを感じた。

俺、レオのこと……。

高鳴る胸を押さえながらじっと見つめる。その双眸を見ているうちに、これまでのことが鮮やかに思い出された。

はじめはその美貌に目を奪われた。人柄に触れ、やさしさに惹かれ、国を思う一途《いちず》さに打たれるうちに彼の存在は少しずつ自分の中で大きくなっていたのだろう。今や切り離すことなど考えられない。それぐらい、心の中すべてがレオナルドで埋め尽くされてしまった。

レオのことが、好きなんだ――。

自覚した途端、足元がふわふわとなる。けれどその一方で、もうひとりの自分が冷静に現実を分析していた。

自分たちの関係がうまくいくはずないことはわかっている。国も立場も違うし、なにより男同士だ。レオナルドが気持ちを明言しないのも自分を縛りつけないようにとの心遣いだろう。己の一存でしがらみを捨てられない彼がねだった唯一のわがまま――忘れないでとの言葉に、心は浅ましくも揺さぶられた。

たった一度で構わない。

束の間の夢で構わない。

この瞬間だけは立場を忘れて、この想いを彼に差し出せたら。

たとえ許されぬ恋であっても、彼の想いを受け止められたら。

「レオ……」

掠れる声で名前を呼ぶ。言葉にできない想いに代わって涙が静かに頬を伝った。

「泣かないでくれ」

レオナルドがそっと目尻を拭ってくれる。やさしい指先を今だけは独占するように、暁は目を閉じ頬を擦り寄せた。いつまでもこうしていられたらいいのに——そんな言葉を呑みこむほどに涙はぽろぽろと零れ落ちる。困らせてしまうとわかっていてもどうしても堪え切れなかった。

「アキ、どうか答えを」

愛しい声に胸の奥まで抉《えぐ》られる。震える心ごと全部攫って欲しい一心で暁はこくりと頷いた。

顎《あご》に手が添えられ、ゆっくりと上向かされる。見つめたアメジストの瞳には期待と不安が綯《な》い交ぜになった自分が映っていた。

「いついかなる時も、私たちがともに在るように……」

誓いの言葉とともにくちづけが降る。

唇の熱に浮かされながら、どうかこのすべてを忘れませんようにと切に願った。

＊

あの日から一週間が経とうとしている。

自分のために公務を前倒ししてくれた分、仕事が溜まっていたようで、最近ではレオナルドと落ち着いて話をする時間も取れずにいた。

今はなにをしてるだろう。激務に疲れていないだろうか。

会えない分、想いが募る。どこにいても、なにをしていても、レオナルドのことを考えてはため息ばかりが増えていった。

そんな自分を気にかけてくれたのだろう、アサドやアマーレは事あるごとに声をかけてくれたし、使用人たちは滞在が快適であるよう細やかに気を配ってくれた。おかげで城内のことはすっかり頭に入っている。

唯一、いまだ目通りを叶わないのが病気で伏せっているアサドの母、カマルだ。それでも暁のことはアサドから伝え聞いていたらしく、息子に伝言を託《たく》してくれた。

「おまえに神の祝福がありますように、と」

「カマル様が？」

「あぁ。おまえならいい話し相手になったろうになぁ」

「身体の具合はどうなの？」

その言葉に、アサドはわずかに顔を曇らせる。

「最近はずっと風邪をこじらせて寝てる。声を出すと咳きこんで止まらなくなるから、挨拶もできずにすまないと言ってた」

「そうなんだ……」

自分も小さい頃に肺炎を起こしかけたことがあるからよくわかる。喉の痛みは辛いだろう。眠れない夜だってあるかもしれない。暁はいても立ってもいられずにアサドの手を取った。

「カマル様が一日も早くよくなるよう祈りますって伝えて、アサド。お会いできる日を楽しみにしていますって」

「わかった」

礼を言う代わりに暁の髪をくしゃりと掻き混ぜ、アサドが踵を返す。

その後ろ姿を見送りながら、カマルのためになにかできないかと知恵を絞った暁は、ふと思いついて自室に取って返した。書き物机の引き出しからオーダーメイドと思しき便箋《びんせん》を取り出し、正方形に切って折りはじめる。小さい頃、「ひとりで寝ていても寂しくないように」と風邪を引くたびに母親が鶴を折ってくれたことを思い出したのだ。

相手は子供じゃないけれど、長い間床に伏せっていて寂しくないわけがない。せめて一時だけでもなぐさめになればと祈るような気持ちで紙の角を合わせた時だ。

「なにしてんの?」

不意に後ろから声をかけられ、「わっ」と叫びそうになるのをすんでで堪える。ふり返ると、いつの間にかアマーレが部屋に入って来ていた。

「アマーレか。驚《おど》かさないでよ……」

胸を撫で下ろしながら苦笑する。いつもなら「アキが勝手に驚いただけだろ」と軽く返してくるはずなのに、どうしてか今日に限ってはおとなしいようだ。

暁は椅子をもう一脚持って来て、アマーレを横に座らせてやった。

「鶴を折っているんだよ」

「鶴って？」

「あぁ、そうか。イタリア半島にはいないかも」

鳥の形に紙を折るのだと説明すると、アマーレは珍しく「僕もやる！」と身を乗り出した。けれどものの三分もしないうちに紙を放り出す。どうやら角を合わせるような細かい作業が苦手らしい。

「全然できる気がしない……」

「やってるうちに慣れるよ？」

「慣れるほどやる気にならない」

すっかりふてくされたアマーレは椅子の上で膝を抱える。

「そっか、残念。ふたりで折って、カマル様に差し上げようと思ったんだけどね」

小さく嘆息した途端、思いがけない強い力でガバッと腕を摑まれた。

「やっぱりやる！」

「アマーレ？」

「カマル様にあげるって言ったよね。やり方教えて」

アマーレは即座に姿勢を正し、早く早くと暁を急かす。それにやや気圧《けお》されながらも暁は途中まで折った鶴を開き、もう一度最初から一緒に折りはじめた。

アマーレはもともと不器用ではない。ただ、じっとしていることが苦手で、身体を動かさない読書や勉強は眠くなるから嫌いなのだそうだ。

その彼が見よう見真似で鶴を折るというのだからその道のりは果てしない。何度かのやり直しにもめげず頑張っている頭を撫でてやると、アマーレはハッとしたように顔を上げた。

「……それ、アサドみたい」

「あぁ、アサドの癖だよね。こうやって髪をくしゃくしゃにするの」

セットが乱れるって言ってるのにさぁとわざと肩を竦めてみせる。けれどアマーレは笑うどころか、なぜか心細そうな顔をした。

「……ねぇ、アサドは喜ぶと思う？」

いつもの気丈さはどこへやら、その姿はまるで捨て猫だ。聞けば、また兄弟喧嘩をしたらしい。

「まったくもう……」

しゅんとするアマーレを見ているうちに自然と頬がゆるんでくる。素直に「ごめんなさい」が言えなくて、それでもなんとかご機嫌を取ろうとする健気《けなげ》さを応援してやりたくなった。

「大丈夫だよ」

その一言に、アマーレが弾かれたように顔を上げる。

「喧嘩するほど仲がいいって言うしね。それに、アマーレがカマル様のために作ってくれたって知ったら、アサドは絶対喜ぶよ」

「わ、わかった」

背中を押されて気持ちが落ち着いたのか、アマーレは再び紙と格闘をはじめた。

「そういえばさ、アキはレオナルドと喧嘩するの？」

唐突にアマーレが口を開く。急に出て来たレオナルドの名前に一瞬ドキリとしつつも、暁は平静を装って首を傾げた。

「なんで？」

「喧嘩するほど仲がいいんでしょ？」

「うーん。俺たちは喧嘩はしないかなぁ。でも、その分たくさん話をする」

「話？」

「一緒にいて、同じものを見たり、聞いたり、感じたり……そんなふうになにかを共有できるのがうれしいんだ。同じ気持ちを分かち合ってると思うだけで心強くなるんだよ」

「ふうん。なんか羨ましいな」

「俺は好きな人と喧嘩できるくらい傍にいられる方が羨ましいけどね」

キョトンと首を傾げるアマーレに、暁は思わず目を細めた。ヴァルニーニの王族であり、血を分けた兄弟であるアサドとアマーレを引き裂くものなどなにもない。どんなに想いを寄せようと離れなければならない自分にはそれがとても眩しく映った。

「ねぇアマーレ。アサドのことが好きなんでしょ？」

突然の言葉にアマーレはあからさまに狼狽える。

「な、な、なに変なこと言ってんの」

「もう、かわいいなぁ」

あまりにわかりやすい反応に、我慢できずに噴き出した。

アサドと口喧嘩したというだけで傍目《はため》にもわかるほどしゅんとする。そのくせ勝ち気でわがままで、やることなすことかわいく思えてしかたがない。

「アサドが構いたくなる気持ちがよくわかるよ」

目にかかっていた前髪を指先でそっと払ってやる。その途端、誰を連想したのか、アマーレは顔を真っ赤にして俯いた。

「アサドなんて、別に……っ」

これでは笑いを堪えるのも一苦労だ。肩を震わせる暁をよそに、アマーレは唇を尖らせながら再び紙を折りはじめる。五分もすると、一生懸命折ったことが伝わる立派な鶴ができあがった。

「上手にできたね」

自分で完成させたことがうれしかったのだろう、声をかけるとまんざらでもない顔をする。

「アサドに渡しておいでよ」

「……！」

だが、そう言うとアマーレは慌てて椅子を立った。

「僕、用事を思い出した」

「はい？」

「アキ、渡しといて」

「ちょ、それこそ自分で……っ」

止めるのも聞かずに鶴を押しつけるなり、アマーレはバタバタと部屋を出て行ってしまう。あんな薔薇色の頬をして用事もなにもないだろうに。

「これじゃラブレターでも託されたみたいじゃないか」

しょうがないなと肩を竦めつつ、鶴を持ってアサドが行きそうな場所を見て回る。けれどタイミングが合わないのか、どこにも姿が見当たらなかった。

「夕食の時に声をかけた方がよさそうかな……」

アマーレには怒られそうだけど。

本人を目の前になんてことするんだと頬を膨らます様が目に浮かぶ。さてどうしたものかと廊下の真ん中で立ち尽くした時だ。

「アキ？」

思いがけぬ声にドキリとする。聞き間違いかと思いながらもふり返ると、そこにはスーツ姿のレオナルドが立っていた。

「わ……」

ほんの一週間会わなかっただけなのに、顔を見た途端胸が高鳴る。公務中だからだろうか、光沢のあるグレーのスーツを厭味《いやみ》なく着こなしたレオナルドからは大人の余裕のようなものが感じられた。

初日の夜に着たテイルコートはノーブルな顔立ちに映えたし、城を抜け出した時のグレーのシャツも彼の甘さを引き出したけれど、こうしたスタイリッシュな格好もよく似合う。

ぼおっと見とれる暁に、レオナルドが小さく苦笑した。

「そんなに見つめられると緊張するな」

「ご、ごめん」

慌てて目を逸らす。

気持ちを自覚してからというもの、レオナルドのことを考えただけで胸がドキドキして堪らなくなった。甘くもどかしい思いに駆られたかと思うと、心臓をぎゅっと鷲掴《わしづか》みされたような痛みを覚えることもある。こうして顔を見ただけで、声を聞いただけで、その思いはより強くなった。まるですぐ傍にいる魂の半身に呼応し、ひとつになりたがっているように。

――わかってる。叶わない願いだってことぐらい。

心の中で呟いた途端、胸にチクリとした痛みが走る。動揺を遣り切れぬ思いごと呑みこんで、暁は頬に笑みを浮かべた。せっかくレオナルドに会えたのだ、笑った顔を見て欲しかった。

「ところで、こんなところでどうした？」

「あ。うん。実は、ちょっとアサドを捜してて……」

持っていた折り鶴を見せながら経緯を話すと、レオナルドはすぐに相好を崩した。

「あのおてんばがよく我慢したな」

「アサドと喧嘩しちゃったんだって。仲直りしたくて一生懸命折ったんだよ」

「あいつらはまったく……」

困ったもんだと言いたげにレオナルドが苦笑する。自分に向けるものとは違う、兄としての表情がやけに新鮮で、こんな顔もすることに今さらながら気がついた。

同じ兄弟でも、対峙する相手がアサドとアマーレでは見せる顔も全然違う。グラディオの時もそうだ。相手が国王、国民、諸外国の外交官ともなれば、また違った表情をするのだろう。

それをずっと近くで見ていられたら……。

叶いもしないことを考えるのは、それが贅沢な望みと知っているからだ。小さく吐息して気持ちを押しこめると、暁はわざと明るい声で言った。

「怒らないであげてね」

「わかってる。……それに、きっと私の出る幕はないだろうしな」

そう言ってレオナルドは肩を竦めた。

「向かうところ敵なしに見えるアサドも、アマーレにだけは弱いんだ。こんなかわいいことをされて怒り続ける方が無理というものだよ」

「そうなの？」

「あぁ。だから心配いらない」

太鼓判《たいこばん》を押されてほっと胸を撫で下ろす。後でアサドに会う予定があるというレオナルドにふたり分の折り鶴を託すと、なぜか彼は神妙な顔になった。

「アキが折ったもの、だな」

じっと手の中の折り紙を見つめたまま、少し迷うような素振りを見せる。ややあって顔を上げたレオナルドは言いにくそうにはにかんだ。

「私がもらってはいけないだろうか？」

「え？」

とっさには意味がわからず、瞬きをくり返す。

レオナルドはハッとしたように大きく首をふった。

「すまない。わがままを言った」

「レオ、あの……」

「カマル様のために、アキが祈りをこめて作ってくれたんだものな」

その顔が少し寂しそうに見えたと言ったら自意識過剰だろうか。

「すごいものはできないけど……」

そう言うと、レオナルドはパッと顔を上げた。期待をこめた眼差しに、勘が外れていなかったことを知ってうれしくなる。自分がなにかすることでレオナルドが喜んでくれるなら、こんなしあわせなことはなかった。

「よかったら、レオのためになにか折るよ」

「いいのか」

「もちろん。なにがいい？」

「アキの好きなものを折ってくれ。私はそれを横で見ていたい」

「変わってるなぁ、レオは」

なにを言ってもレオナルドはにこにこするだけだ。暁をテーブルのある部屋へ案内するなり、さぁどうぞとばかりに猫足の椅子を引いてくれた。

礼を言って腰かけながら、なにを折ろうかと部屋を見回す。

特別折り紙が得意というわけではないので、レパートリーはそう多くはない。バックパッキング先で披露《ひろう》すると喜ばれることが多かったので、話の種に身につけた程度だ。ぐるりと室内を眺めた暁は、暖炉の上に飾られたカサブランカに目を留めた。

我ながらいいアイディアだとさっそく紙を畳んでいく。折り目をつけたかと思うと開き、今度は逆に折ってと器用に動く指先を、レオナルドは興味津々《しんしん》といった様子で覗きこんだ。

途中までは鶴を折る要領で形を作り、そこから四片の花弁を整える。あっという間にできあがったそれを胸ポケットに差しこんでやると、レオナルドは驚いたように花と暁を交互に見遣った。

「似合うよ」

「アキ、これは……」

「百合の花。ポケットチーフ代わりにどうかなと思って」

本物そっくりとはいかないけれど、それでも真っ白な花がシャイニーグレーのスーツによく映える。

レオナルドは愛しげに花を見下ろし、指先でそっと花弁に触れた。

「……まるでブートニアだな」

眼差しにふっと甘さが滲む。

「百合のモチーフがどんな意味か、覚えていて折ってくれたのか？」

「え？　あ……」

――『真実の愛』。

「アキ」

答えるより早く名を呼ばれ、胸の高鳴りさえも掬《すく》い取られた。

「ありがとう。一生、大切にする」

レオナルドがなんの迷いもなく告げる。それが折り紙への礼でないことぐらい、目を見ればすぐにわかった。

彼は本気なのだ。

もう二度と会えないかもしれないのに。

「……っ」

現実が重く伸しかかる。

「レオ……」

「あぁ、そんな顔しないでくれ。宝物をもらえて私はとてもうれしいんだから」

アマーレやアサドに取られないようにしないとな、と花を押さえながら大袈裟に肩を竦めてみせる。

そんなレオナルドのやさしさが堪らなくて暁はそっと目を伏せた。

「ありがとう」

「それは私の台詞《せりふ》だよ」

痛む胸を癒《いや》すようにあたたかな声が染《し》みこんで来る。

このままこんな時間が続けばいいのに……。

けれど暁の願いも虚しく、レオナルドは席を立った。

「すまない、もう行かないと」

「あ、ごめん。仕事の途中だったんだよね」

慌てて腰を上げる暁に、レオナルドはゆるく首をふる。

「もとはと言えば、私がアキにわがままを言ったんだから」

「こんなわがままならいつでも歓迎」

それで少しでも一緒にいる時間が作れるのなら。

言外に想いをこめる。レオナルドは一瞬押し黙り、ゆっくりと腕を伸ばして暁を抱き寄せた。

あたたかい腕の中、胸に耳を押し当てるとトクトクと確かな鼓動が聞こえて来る。この感触を忘れないようにと祈るような気持ちで目を閉じる暁の背中を、やさしい手が何度も撫でた。

今ほど時間よ止まれと思ったことはない。ようやく身体を離しても、名残惜しさが募るあまりなかなか手が離せない自分がおかしかった。

レオナルドは名残惜しげに頬を一撫でし、公務に戻って行く。その後ろ姿を見送りながら、愛しい残り香にどうしようもなく胸が疼いた。

暁はぎゅっと目を瞑《つぶ》る。

そんなふたりを、物陰から見るものがいたことにも気づかないまま――。

ヴァルニーニに来て二週間ほど経った頃だろうか。ある日を境に、暁はたびたび嫌な噂を耳にするようになった。

「俺、なにかしたのかな……」

はじめは気のせいかと思ったものの、これ見よがしに曰《いわ》くありげな視線を向けられれば嫌でも意識せざるを得ない。

心当たりのなかった暁に、報《しら》せを運んだのはアサドたちだった。

「おかしな話が出回ってる」

部屋に入るなり、アサドが口火を切る。その苦々しい表情に、これまで感じてきた違和感が錯覚ではなかったことを知って背筋が薄ら寒くなった。

「……おかしなって？」

落ち着いて問い返したつもりだったのに、声が掠れる。アサドの説明を聞くうちに血の気が失せる自分とは対照的に、一緒にいたアマーレは地団駄を踏みながら憤慨《ふんがい》した。

「アキがレオナルドを誑《たぶら》かしてるって、そんなこと誰が言ったわけ!?　しかも王家の財産狙ってるとか、もうほんと、ばっかじゃないの!?」

顔を真っ赤にして捲し立てる弟をアサドがため息とともに見下ろす。

「俺だってそう思うさ。だが噂が出回ってんのもまた事実だ」

「誰が言い出したんだよっ」

「それがわかったら噂じゃないだろ」

「ちょっとは心当たりとかないわけっ」

詰め寄るアマーレに、アサドはわずかに眉を寄せた。

「……ないわけじゃない。レオナルドのことをよく思わない輩《やから》が吹いて回ったもんだろうな」

「え？」

思いがけない言葉に息を呑んだのはむしろ暁の方だった。

「俺のことじゃないの？」

城内の人間にとって異分子である自分が疎《うと》まれるなら話はわかる。そう言うと、アサドは言いにくそうに肩を竦めた。

「こう言っちゃなんだが、外国の客人ひとり紛れこんだぐらいでいちいち目くじら立てるような連中じゃない」

「それなら、どうして……」

「おまえがレオナルドと親しいのを利用しようとしたんだろう」

「……！」

その言葉にハッとする。恐れていたことが思っていたよりずっと早く現実のものとなってしまった。この国を守り、支えていくレオナルド。彼が背負うものが今より重くなればなるほど、彼ひとりのわがままで自分を贔屓することはできないだろうと覚悟していた。

けれど逆に言えば、それは遠い未来の話だと思っていたのだ。まさか一夏の滞在中、こんな束の間の時間でさえ交友を見咎《みとが》められるとは思いもしなかった。

「あの噂がどういう意味か、周りにどう受け止められるか、参考までに教えておく——余所者《よそもの》が第二王子を誑かしたとなれば、当然なんらかの制裁措置は免《まぬが》れない。この場合おまえは国外追放だし、レオナルドはよくて禁固、最悪王位継承権を剝奪《はくだつ》される」

「まさか」

大袈裟だろうとアサドに詰め寄る。けれど賢明な従者は目を眇めるだけだった。

「ヴァルニーニは小国なんだ。もしおまえがどこかの国のスパイだったらどうする？　レオナルドを操《あやつ》って、あっという間に国がひっくり返るかもしれないんだぜ。聞き逃せるような話じゃない」

「そんな……」

ふらふらと力が抜けて行く。

レオナルドの足を掬う機会を窺っていた輩にとって、のこのこ現れた自分はさぞや都合のいい存在に映ったに違いない。あらぬ噂を流すことで、その相手であるレオナルドを追い落とそうと企《たくら》んだのだろう。

「俺が、レオの傍にいたから……」

呆然と呟く。

レオナルドと過ごせることがうれしくて、残された日々を嚙み締めることしか考えていなかった。

自分のせいでこんなことになるなんて思いもよらなかったのだ。

自分といることでレオナルドに迷惑がかかる。自分の存在が彼の立場さえも危うくしている。

唇を嚙んだまま一点を見つめる暁に、アサドが小さくため息を吐いた。

「悪い。俺が脅し過ぎたな」

「でも……」

「おまえのせいじゃない。むしろ、レオナルドにはおまえがいてよかったと俺は思ってる。だが、そうは思わない連中もいるってだけだ」

「……」

迷いながら目を上げると、アサドが励ますように背を叩いてくれる。

「気にすんな。どうせくだらない戯《ざ》れ言だ」

その言葉にアマーレも大きく頷いた。

「そうだよ。僕らは、アキは悪くないってちゃんとわかってるんだからね」

元気づけようとしてくれているのがすごくわかる。ふたりがいてくれたおかげで、自分ひとりで事実を知るよりショックは小さかったとも思う。それでも、どうしてもうまくは笑えなかった。

案の定、アサドが眉を顰める。

「そんな顔すんな。出所はこっちで探ってみるから、おまえはなるべくいつもどおりにしてろ」

そう言って一度だけ暁の髪を掻き混ぜると、まだなにか言いたそうにしているアマーレを伴ってアサドは出て行った。

「……ごめん」

遠離《とおざか》って行く足音を聞きながらポツリと呟く。シンとした空間に自分のため息だけが積み重なった。

暁はベッドの端に腰かけ、見るともなしに部屋の一角をぼんやりと見つめる。ひとりになって素《す》に戻ったせいか、次々に詮《せん》ない考えが湧き起こり、すぐには気持ちの整理もできそうになかった。

身体が傾ぐままベッドに倒れ、目を閉じる。心許ない気持ちを持てあましたまま、縋《すが》るようにやわらかなシーツを握り締めた。

そうしているうちに、いつの間にか眠ってしまっていたらしい。ドアがノックされる音にぼんやりと目を覚ました時には、辺りはすっかり薄暗くなっていた。

「……アキ？」

ゆっくりとドアが開き、聞き覚えのある声が名前を呼ぶ。入って来たのはレオナルドだった。

「あ…」

どんな顔をすればいいかわからず言葉が続かない。

レオナルドはベッドに歩み寄ると、そっと顔を覗きこんで来た。

「眠っていたのか？」

「あ、うん……」

薄暗くてはっきりとは見えないけれど、レオナルドの表情に迷いのようなものはない。彼の耳には噂はまだ届いていないのだろう。それならばなおのこと、自分がしっかりしなくては。

彼に気づかれないように。これ以上迷惑にならないように。

腹に力を入れると、暁は安心させるように笑ってみせた。

「寝転がったらつい、うとうとしちゃって。このシーツ、すごく肌触りがよくて好きなんだ」

「具合が悪いわけではないんだな……？」

「うん。平気」

嘘を吐いているような後ろめたさから本当のことを打ち明けてしまいたくなり、喉元まで迫《せ》り上がった言葉をごくりと呑みこむ。笑いながらさりげなく俯いた暁は、そのせいでアメジストの瞳が揺れたことに気づかずにいた。

「それなら少し、散歩につき合ってくれないか。息抜きしたい気分なんだ」

「え？」

思わず顔を上げ、真意を窺う。

こんなふうに思いつきで誘うなんてレオナルドらしくない。なによりもうじき夜になるのだ。いくら常夜灯があるとはいえ、身の安全という点でも不安が募った。

そうだ。レオナルドにもしものことがあったら……。

暁は慌てて首をふる。

空元気《から》なのを見抜いて気を遣ってくれたのかもしれないけれど、それならばなおのこと、賛成するわけにはいかなかった。レオナルドはこの国の第二王子だ。なにかあってからでは遅いし、なにより自分と一緒に出かけてはまたおかしな噂が出回ってしまう。

「誘ってくれてありがとう。……でも、ごめん。ちょっと気が乗らないんだ」

そう言うと、レオナルドは寂しそうに目を眇めた。

「……そうか」

「ごめんね」

「謝らなくていい。誰だって気乗りしない時はあるさ」

しばらくはこの忙しさが続くらしく、レオナルドは「お楽しみは祭りの後になりそうだな」と肩を竦めた。

「祭り？」

「来週、ヴァルニーニでも指折りの美しい祭典が開かれるんだ。今は専らその準備に追われている。早くアキにも見せたいよ」

ふわりと微笑むレオナルドを見ているうちに、罪悪感のようなものさえこみ上げる。こんなふうにいつでも自分のことを気にかけてくれる彼の力になりたいと思いこそすれ、マイナスになんてなりたくなかった。

またなと言い残してレオナルドの背中がドアの向こうに消える。

その途端、張り詰めていた糸がぷつんと切れたように感じ、暁はそのままベッドに突っ伏した。


翌朝早くに目が覚めた暁は、思い立って裏庭へと足を向けた。部屋の中にいると余計なことばかり考えてしまいそうだったからだ。

夏とはいえ、早い時間は空気がサラリとしている。日陰だと半袖では少し寒いくらいだ。綺麗に刈りこまれた低木の間を歩きながら、時々足を止めては鮮やかなグリーンの芝を眺め回した。

「懐かしいなぁ……」

思わず独り言が漏れる。

ここに来るのは、最初にヴァルニーニ見学をした時以来だ。名所をお忍びで回ると言って、アサドが運転するオンボロセダンにレオナルドとふたりで乗りこんだっけ。あの時のわくわくした気持ちはいつの間に色褪《あ》せてしまったのか、遠い昔のことのように思えた。

そっとため息を吐いた。その時、悠然とした足取りでこちらに向かって来るアサドを見つけ、暁は足を止めた。

「こんな朝っぱらから散歩か？　珍しいな」

「アサドこそ」

そう言うと、従者は「俺は乗馬の帰りなんだ」と厩舎《きゅうしゃ》のある方を顎で差す。

「あぁ、だから……」

変わった格好をしていると思ったのは、それが乗馬服だったからだ。ゆったりした服を好むアサドにしては珍しくボレロのような上着を着、膝まであるブーツを履いている。長い脚が映えて厭味なほど格好よかった。

「似合うだろ？」

アサドが得意げに口端を上げる。

「……自分で言う？」

顔を顰めてやると、褐色の従者はおもしろそうに肩を竦めた。

「そんな顔ができきんならまだ大丈夫だな」

「え？」

「例の噂、気にしてんだろ」

「……っ」

アサドがまっすぐに見つめてくる。射貫《いぬ》くような強い眼差しに耐えられなくなり、暁はそっと視線を逃がした。

遠くの方で鳥たちが地面を啄《ついば》んでいる。一羽が羽ばたくと、それにつられるように皆一斉に空に舞い上がった。誰かがきっかけを与えただけで瞬く間に広まる噂のようだ。それが真実かどうかなど確かめもせず吹聴することに夢中になる。

知らぬ間に憂《うれ》い顔をしていたのだろう、アサドが小さくため息を吐いた。

「まったく、しょうがねぇな」

長い指が髪を掻き上げる。そんな見た目も仕草もレオナルドとはちっとも似ていない。……似ていないのに、やさしいところはそっくりだ。

だからつい、胸懐《きょうかい》を晒してしまいたくなる。

「……俺のことはいいんだ」

一度口を開くと、後はもう止まらなかった。

「俺はいいんだ、なに言われても。でも、俺のせいでレオのことまで悪く言われるのは耐えられない。どうしたらいいかわからなくて……恐いんだ」

「それが、あいつのいる世界だ」

決然と突きつけられる。

「いつだって誰かが足元を狙ってる。王族なんて華やかに見えて、そんなもんだ。誰しも権力は欲しいからな」

レオナルドも言っていた、ひと思いに放り投げてしまいたくなることさえあると。

あの時自分は彼を理解しようとしない周囲に苛立ち、怒りさえ覚えた。だからこそ自分がレオナルドをわかりたいと強く思ったのだ。

「あいつは生まれつき資質に恵まれてた。頭はいいし、武術も得意だ。第二王子でありながら国王や国民の信頼も篤《あつ》い。中には、それを笠に好き勝手やってるなんて言う連中もいるぐらいだ」

「そんな……レオはただ、国のためを思って……」

追い縋る暁に、アサドは厳しい表情で首をふった。

「そのとおりだ。だが、すべての人間が正しく理解するとは限らない」

「アサド……」

「あいつがどんだけ努力してるかなんて周囲はお構いなしなんだ。気に入られようとちやほやするか、やっかむかのふたつにひとつ。……どっちにしろ始末が悪い」

苦々しそうに顔を歪ませるアサドを見ているうちに、漠然とした不安は憂苦《ゆうく》に変わる。自分の前ではいつも笑っていたレオナルドだって、その心を痛めていないわけがないのだ。

「無理、してるんじゃないかな」

「だろうな」

即答だった。

「たくさんの人間に傅《かしず》かれて暮らしてはいるが、正直、相手が腹に抱えてるもんを疑いながらの生活は疲れるもんだ」

――自分自身を見てもらえないのは堪えるものだよ。

レオナルドの言葉が蘇《よみがえ》る。今ほどそれを重いと思ったことはなかった。

「俺、レオのことわかりたいって言ったのに……。ちゃんと理解してなかった。レオになにもしてあげてなかった」

己の至らなさに唇を噛むことしかできない。

アサドは小さく嘆息し、伸ばした手で暁の肩をポンと叩いた。

「これも王子の務めのうちだ。グラディオだってアマーレだって、みんな受け止めてる」

「アマーレも……」

脳裏を過ぎる無垢《むく》な笑顔に胸が痛む。

「心配すんな。あいつにだって従者はいるし、いざとなったら俺もいる」

「アサドは頼りになるね」

「あぁ。王位継承権がないのは気楽なもんだ」

権力争いの醜《みにく》さを嫌というほど見て来たせいだろうと思っていると、アサドは意外にも「自由を制限されたくないからな」と軽く笑う。その執着のなさに驚かされたものの、彼を取り巻く複雑な環境がそうさせているのだとすぐにわかった。

「俺はレオナルドだけでなく、母を守る役目もある。常に身軽でいる必要があるんだ」

「カマル様も？」

「同盟のための人質だからな」

予想だにしなかった物騒な台詞に息を呑む。

「ヴァルニーニとラーマは表向き対等な同盟関係を結んじゃいるが、その実ラーマは属国だ。資源を供給する代わりにヴァルニーニから経済援助をもらって成り立ってる。この国がそっぽを向いたら終わりだ。だから俺の母がここにいる」

「……それ、本当？」

「本当だ。レオナルドだってわかってる。だからあいつは無茶しないんだ。万が一にも戦いになったら二国ともは守れないからな」

強い光を放つ双眸に、暁は言葉もなく目を眇めた。

生まれながらに背負うにはその運命はあまりに重たい。なのにアサドは臆《おく》することなく、すべてを受け入れようとするのだ。

レオナルドもアサドも強いと思う。

そんなふたりと相対して、自分にはなにができるだろう――。

「暗い顔すんな」

不意に伸びて来た手が髪をくしゃくしゃと掻き混ぜる。

「おまえに元気がないとレオナルドも心配する。あいつのために笑ってくれ。愚痴《ぐち》なら俺がいくらで

も聞いてやるから」

「……アサド、いいやつだね」

「今頃気づくなって。俺はいつでもいい男なんだよ」

得意げに笑ってみせるのについ、つられる。小さく噴き出すのを見下ろしながら、アサドはエメラルドの目を細めた。

「あいつを支えてやれるのはおまえしかいない。そうやって笑っててくれ」

「アサド……」

「頼むな、アキ」

自分にしかできないことがあるのなら。それでレオナルドの支えになれるのなら。

深く頷く暁に、アサドもまた首肯で応えた。

＊

その日は朝から城中が浮き足立っていた。

今夜は国王の誕生日を祝う盛大なパーティーが予定されている。この日のために城中を磨《みが》き上げた使用人たちは真新しい制服に身を包み、誇らしげな顔で最後の仕上げに駆け回っていた。

そわそわしているのは城の外も同様で、今やヴァルニーニ中が祝賀ムードに包まれている。つい数日前に街に行った時も、その日を待ち切れないというようにあちこちに国旗が掲げられ、国王万歳の垂れ幕がかけられていた。現国王がいかに自国の民に愛されているかを物語る光景に胸が熱くなったものだ。

美しい国。思いを分かち合う王と民。

こんなしあわせな関係を築いている国は他にないいんじゃないだろうか。招かれた国賓たちはきっと誰もが驚くだろう。そして羨ましくなるに違いない。車止めに次々と滑りこんで来る黒塗りの高級車を眺めながら、暁は我がことのように誇らしく思った。

あと一時間もすれば華やかな晩餐会がはじまる。

居候《いそうろう》である自分は出席しないので詳しいことはわからないけれど、レオナルドはパーティのホスト役を務めると聞いていた。この一週間は文字どおり息吐く間もない多忙な日々だっただろう。

無理してないといいけど……。

思いを馳せていたところに不意にノックの音が響く。使用人の誰かが夕食でも届けてくれたのかと暁はいそいそとドアを開けた。

「アキ」

だが、訪問者を見るなりカチンと固まる。そこには、オフホワイトの詰め襟軍服に身を包んだレオナルドが立っていた。

右肩から緋色《ひいろ》のサッシュをかけ、胸にはいくつもの勲章《くんしょう》が輝いている。煌びやかな装飾にも負けず一層深く輝くアメジストの瞳にこのまま吸いこまれてしまうかと思った。濡れたように艶めく金髪を後ろに撫でつけ、颯爽と立つ姿に胸がドキドキと高鳴ってしまう。

「……本当に、王子様なんだなぁ」

思わず漏れた一言に、レオナルドは苦笑しながら肩を竦めた。

「今までなんだと思っていたんだ」

「いや、だって……」

「それより時間をかけてめかしこんだんだ。少しくらい褒めてくれてもいいだろう？」

戯けた調子で唆《そそのか》され、思わず笑みが零れる。最後に見せたのが塞いだ顔だったせいか、そんなささやかな微笑にすらほっとしたように頬をゆるめるレオナルドを見上げ、胸の奥がツキンと痛んだ。

俺、不安にさせちゃってたんだな……。

アサドの言うとおりだ。うれしそうに目を細めるレオナルドを見ているうちに、それが少しでも長く続くならと暁は精一杯笑ってみせた。

「似合うよ、とても。すごく格好いい」

「それだけ？」

悪戯っぽく光る目が「それじゃ足りない」とねだっている。

「もう。わがままな王子様だな」

「アキに褒められるのが一番うれしいんだ」

子供のようにキラキラした目でそんなことを言うから、ついつられて饒舌になった。

「見とれたよ。それに、ちょっとだけ優越感もあった。こんな素敵な人が俺の友達なんだって」

普段は言わないようなことまで口を突いて出る。その瞬間、レオナルドの眼差しが熱を帯びた。

「ただの友達？」

「え？」

「私にとって、アキはとても大切な人だ」

単なる友人以上に思っているのだと打ち明けられ、全身に甘い緊張が走る。けれどレオナルドは悔いるようになぜか表情を歪ませた。

「それなのに、私のせいで悲しませていたなんて」

「それ、どういう……」

「アキが心ない噂に苦しんでいたことは知っている。嫌な思いをさせて本当にすまなかった」

噂のこと、気づいていたんだ……。

眉間に深い皺を刻むレオナルドに、暁は慌てて首をふった。

「そんなことないよ。それより、俺のせいでレオの立場が悪くなったらどうしようって……」

言い募ろうとした唇が白手袋の指に制される。

「アキはやさしいな。そんなアキだから、私は惹かれたんだ」

「レオ……」

頬に触れるやさしい指先。いつの間にか喉がカラカラに渇いていたせいで、みっともなく語尾が掠れた。

見つめ合っているだけで時が止まったような錯覚に陥る。言葉より雄弁に語るその双眸が切なさに眇められてゆくのをどうしようもない気持ちで見守った。

「魂を半分預けて、それで充分だったはずなのに……」

昂る感情を抑えようとしているのか、声はわずかに震えている。両手で頬を包まれ、熱っぽい目で見つめられて胸がぎゅうっと痛くなった。半分預けられた彼の魂がこの想いに呼応しているのかもしれない。心臓の上まで右手を滑らせたレオナルドは、誓いを立てるように厳かに告げた。

「アキの未来を縛りつける権利がないのはわかっている。それでも、本当の気持ちを告げないまま離れたくない」

切実な眼差しが心を射貫く。

「愛しているんだ」

「……！」

「愛している。二度と会えなくなったとしても、私の心はアキだけのものだ」

その瞬間、頭の中が真っ白になった。

愛してるって、レオが……俺のこと……。

「俺……っ」

思わず身を乗り出しかけ、制される。ふり仰いだ顔には深い諦念が貼りついていた。

「……レオ？」

レオナルドがゆっくりと首をふる。

「なにも言わなくていい。告げることを許してくれただけで充分だ」

「どうして」

「これ以上望んではいけないんだ。私と親しくすることで、また心ない噂がアキを傷つけてしまう。それだけは耐えられない」

「そんなの」

「いっそ」

語尾を奪われ、思わず息を呑んだ。これまでレオナルドは一度だってそんなことをしたことがない。それぐらい、彼にも余裕がないのだとわかって胸の奥が搾《しぼ》られるように痛んだ。

「攫ってしまえたら、いいのにな……」

「……っ」

そんなやわらかな口調で。そんなおだやかな表情で。見ているだけで鳥肌が立った。

思わずわがままが口を突いて出そうになり、必死にそれを飲み下す。レオナルドがどんな思いで胸懐を晒しているかを思えば打ち明けられるはずもなかった。

俺が応えちゃだめだ。この人には、国を支える役目があるんだから。

胸に楔《くさび》を打ちこまれたように息ができなくなる。一点を見つめたまま暁は必死に考えた。

今ここで自分も同じ気持ちだと言ったら、彼が長い間かかって築いてきたものが壊れてしまうかもしれない。立場を危うくするだけでなく、万が一謂《いわ》れなき中傷が広がりでもしたら国民の信頼さえ失ってしまうかもしれない。それはだめだ。絶対にだめだ。レオナルドの支えになりこそすれ、彼の迷惑になってはいけないんだ。

自分に言い聞かせるほど胸が張り裂けそうになる。知らず泣きそうな顔をしていたのだろう、レオナルドがなぐさめるようにもう一度やさしく頬を撫でた。

「……おかしなことを言った。アキの未来は、アキのものなのにな」

言葉以上に饒舌に語るアメジストの瞳が揺れている。

暁はレオナルドの手に手を重ねると、そっと頬を擦り寄せた。頭上で息を呑むのが聞こえたかと思うと手首を引かれ、広い胸に抱き寄せられる。レオナルドの愛しい香りを胸一杯に吸いこんだ瞬間、どうしようもなく想いがこみ上げた。

レオが好きだ。好きだ。好きなのに……！

互いに持てるものを全部捨てて、この手を取れたらどんなにいいだろう。国も立場も性別も越えて、想う強さだけを糧《かて》に生きていけたら——そんな夢のようなことが頭を巡り、暁は一層強くレオナルドに縋った。

できないことだとわかってる。この手を離さなければならないことも、大切なパーティのホストを独り占めしておくわけにはいかないことも。そう思うのに踏ん切りがつかないのは自分の弱さだ。今この手を離したら、永遠にレオナルドを失ってしまうような気がして恐かった。

二度と会えなくなったとしても——。

レオナルドの言葉に胸がズキンとなった。そう、近いうちに自分たちは離れ離れになる。この夏が終わればまたそれぞれの生活に戻るのだ。今この瞬間だってすぐに思い出に変わるだろう。

突き上げるものを堪えるように回した腕に力をこめる。震えそうな身体を叱咤《しった》しながら、暁は大きく息を吸った。

自分にできることはたったひとつ。ヴァルニーニを発つその日まで、毎日を大切に過ごすことだけ。

それが愛するレオナルドへの、そして愛してくれた彼へのせめてもの誠意なのだと思う。

辛いけれどやり遂げなければいけない。彼と、彼の愛するこの国のことを思うならば。

少しだけ身体を離し、暁はまっすぐレオナルドを見上げた。

「俺、レオに出会えてよかった。今あらためてそう思うよ」

「アキ」

「こんな気持ち、レオに会うまで知らなかった。俺にたくさんのものをくれてありがとう」

両手でも抱え切れぬほどの愛しさを、切なさを、身にあまるほどのしあわせを。

ヒリヒリとした想いを抱えたまま微笑むと、レオナルドは痛みを堪えるように眉を寄せた。

「それを言うのは私の方だ」

再び両肩に手を置かれる。

「どうかこれからのアキの未来が、素晴らしいものでありますように」

祈りの言葉とともに額に餞別《せんべつ》のキスを落とされた。

「レオ……」

それでも離れがたくて、名残を惜しむようにじっと見つめ合っていた時だ。

唐突なノックが割りこんできたかと思うと、応える間もなくドアが開き、褐色の美丈夫がひょいと顔を覗かせた。

「邪魔したか」

室内を一瞥するなりアサドが口笛を吹く。

「あ、あの、違うんだ」

「もう少しタイミングを読んでくれてもいいと思うんだが」

「レオ」

まるで誤解させるような発言に慌てたものの、レオナルドを見上げてすぐにわかった。長い人差し指を唇に当て、彼はおだやかに笑っていたのだ。

——ふたりだけの秘密にしよう。

それを見た瞬間、懐かしい記憶が揺すり起こされる。大聖堂で心を通わせたあの時と同じサインに胸が鳴った。

レオナルドと距離を縮めていけることがただただ心地よかったあの頃も、同じ想いを抱きながら恋人になれないこの瞬間も、そう言われてうれしい気持ちに変わりはない。自分は彼の特別なんだと感じられるだけで充分だった。

「その様子じゃ、心配することもないみたいだな」

事情を知らない訪問者は肩を竦めながら入って来る。彼もまたレオナルドと同じように軍服に身を包んでいた。ただしこちらは濃紺だ。闇を吸いこんだような色の生地に白のサッシュがよく映える。レオナルドに比べて勲章の数こそ控え目なものの、キラリと光る腰のサーベルが目を引いた。

「本物？」

「当たり前だろ」

アサドはサーベル用のフックを外し、驚く暁に放ってよこす。繊細で煌びやかな見た目とは裏腹にずっしりとした手応えがあり、片手で持ってふり回すなんてとてもできそうにないと舌を巻いた。

柄《つか》には燻《いぶ》し銀のレリーフ。色の黒い彼には月光のような銀がよく似合う。髪の色にも馴染《なじ》んだし、エメラルドの目を一層美しく引き立てた。

「レオナルド」

アサドは手に持っていた金色の剣をレオナルドに向かって放り投げる。

「磨いておいた」

「あぁ、ありがとう」

軽々とサーベルを受け取ったレオナルドは、矯《た》めつ眇めつしながら従者の仕事ぶりに頷いた。それがおかしかったのだろう、アサドがニヤリと口角を上げる。

「切れ味を試すか？」

「そうならないことを祈るよ」

からかう声に肩を竦めて応えると、レオナルドは腰にサーベルを装着し、背筋を伸ばした。

途端に王子と従者の顔になるからドキッとしてしまう。「そろそろ時間だ」と急かすアサドに伴われ、レオナルドは慌ただしく部屋を出て行った。

ドアが閉まると同時に暁はふらふらとソファに身を沈める。目を閉じればすぐ、アメジストの瞳が瞼の裏に蘇った。

――――愛している。二度と会えなくなったとしても、私の心はアキだけのものだ。

「レオ……」

はっきりと言葉で示してくれた。どうにもならない現実にあっても彼は想いを打ち明けてくれた。

そっと額に手を伸ばす。レオナルドが唇で触れた場所――――きっとあれが最後のキスになる。そう思うだけで託された魂が疼くように胸が苦しくなった。

「レオ……好き……」

両手で口を覆い、自分にしか聞こえない声でそっと囁く。それでも鼓膜《こまく》を通した自身の声は甘く震えていて、どれだけレオナルドに囚われているかをあらためて思い知らされた。

好きだ。でも、好きだからこそ……。

そっと唇を噛み締めた暁は、不意に響くノックの音で我に返る。「どうぞ」と応えを返したものの、しばらく待っても一向に扉が開く気配はなかった。

もともとこの部屋を訪れる人間は限られている。さっきのふたりならすぐ開けそうなものなのにと首を捻《ひね》りながら腰を上げた。

「……はい」

ドアを開くと、そこには見知らぬ男が立っていた。

背は低く、長い前髪が目を覆っている。大きな鷲鼻《わしばな》のせいで口元はよく見えず、表情の読めない相手だった。間もなくパーティがはじまるというのに正装やお仕着せでないということは、招待客でも、この家の使用人でもないようだ。

得体の知れない相手に、どうしていいか戸惑ってしまう。けれど男は暁に構わず無遠慮に部屋に立ち入ると、キョロキョロと辺りを見回した。そうして他に誰もいないことを確認するなり、やおらこちらに向き直る。

長い前髪の間から覗く鋭い眼光に萎縮《いしゅく》しそうになる己を叱咤《しった》し、暁は思い切って口を開いた。

「あの……なんなんですか？」

「シッ。静かに」

すぐさま発言を制され、思わず呑まれる。口を噤んだ暁をドアから遠いところへ引っぱって行くと、男は低い声で「どうしてもお耳に入れたいお話がございます」と切り出した。

「レオナルド様とアサド様が、ラーマで挙兵の準備をされております」

「……え？」

「カマル様の生まれ故郷であるラーマを後ろ盾にして、グラディオ様から王位継承権を奪おうとされているのです」

あまりのことに眉を寄せる暁をよそに、男は淡々と話し続けた。

「このままではレオナルド様は単なる外交官として一生を終えられるでしょうし、アサド様に至っては第二王子の弾避《たまよ》けか、さもなくば、いざという時の切り札にしかなれないでしょう。彼の母親がそうであったように……。おふた方は、それを好ましく思っておられないようですよ」

「なに、言って……」

「どんなに高潔さを装っていても所詮は人の子。国のためと言いながら、権力を手にする機会を狙っていたのでしょう」

それを聞いた瞬間、頭にカッと血が上る。

「彼らを侮辱《ぶじょく》するのは許さない！」

言ってはいけないことを口にしたのだと睨みつけると、さすがの男も怯《ひる》んだようだ。けれどすぐに調子を取り戻し、頬に嫌な笑みを浮かべた。

「これはこれは失礼を申し上げました。……けれどこれは事実なのですよ、トオノ様」

「レオもアサドもそんな人間じゃない。それは俺が一番よくわかってる。勝手なことを言わないでください」

「それならもっと詳しくお話しいたしましょう。あなた様が納得してくださるように」

「なにを言われても俺は信じません。出て行ってください」

不快を示すように猛然とドアを指す。

「おやおや、これは随分と興奮しておられるようだ。それでは時をあらためましょう。その方が冷静に判断していただける――あなた様の知らないところでどんな恐ろしいことが起きているのか」

男は喉の奥でククッと嗤《わら》った。

「午前零時、中庭でお待ちしております」

そう言い残すと、来た時と同じように足音もなく去って行く。閉まるドアを苦々しく睨んだ暁は、大股で部屋を横切るなりドサリとベッドに突っ伏した。

こんなに腹が立つことなんてない。これまでも事実無根の噂にもやもやさせられてきたけれど、こうも面と向かって虚言《きょげん》を並べられ、侮辱されると、怒りでなにも手につきそうになかった。

だいたい、あの男の言うことは無理があり過ぎる。

ラーマはヴァルニーニの属国だ。二国間で争いが起きればアサドは主君であるレオナルドを守る。

だがそれは母親を見殺しにするのと同じことだ。そのきっかけをアサド本人が作るとは思えなかった。

また、彼女の体調を案じ、その立場について心を痛めていたレオナルドにしてもカマルは大切な存在に違いない。血の繋がりはなくとも異母弟の母親として慕っているはずだ。

そんなふたりにとって、ヴァルニーニとラーマの均衡《きんこう》が崩れることは是《ぜ》が非《ひ》でも避けたいはずだ。

間違っても挙兵などするわけがない。レオナルドは王位に執着していないし、グラディオを支えることが自分の使命だと断言していたくらいだ。アサドに至っては覇権《はけん》争いなんて興味がないと門前払いもいいところだろう。

つまり、あの男の言葉はデタラメだ。質《たち》の悪い虚言なのだ。

「あー、もう！」

これ以上考えていると余計に腹が立ちそうで、羽根枕に乱暴に頭を埋める。

イライラが治まるまでと目を閉じているうちに、いつの間にか眠ってしまったのだろう。次に目を開けた時には室内はすっかり暗くなっていた。

「……誰？」

扉が開く音に、目を擦りながら上体を起こす。

「すまない。起こしたか」

近づいて来たのはレオナルドだった。

「レオ、パーティは？」

「晩餐会は無事終わったよ。今は歓談中だ」

ホストなのにいいんだろうか。上目遣いに見ると、レオナルドは小さく苦笑した。

「どうしても気になってしまってな」

「え？」

「パーティの間も、アキのことばかり考えていた。……困らせてしまったんじゃないかと」

暁はとっさに首をふる。

「そんなことない」

「アキ？」

「そんなことないよ。……そんなふうに言わないで」

だってうれしかった。レオナルドの気持ちがうれしかった。だからほんの少しだろうとそれを否定しないで欲しい。

眼差しに想いをこめると、レオナルドはふっと吐息を漏らした。

「ありがとう」

そのままベッドの端に腰を下ろす。

ゆっくりして行けるのだろうか——いや、きっと自分といるために無理やり時間を作ってくれているのだ。でなければ、あんな大事なパーティの最中にこの部屋に顔を見せたりしない。

無情にも過ぎてゆく時間を惜しんでいるのは自分だけじゃない。そう思った途端、胸の奥がじわっと熱くなった。

「レオが来てくれてうれしいよ」

そう言うと、レオナルドは弾かれたようにこちらを見る。けれど自分の顔を見た途端、その表情が陰ってゆくのが心苦しくて、暁はそっと目を伏せた。

「……なにか、あったのか」

硬い声。賢い彼に隠してはおけない。

「ちょっとね、ひとりじゃいたくなかったんだ」

「アキ、話してくれないか」

真摯《しんし》に向けられる眼差しに、打ち明けてもいいものかと一瞬迷う。けれど澄んだ瞳を見ているうちに気がつけば口を開いていた。

「実は、さっき……」

男に言われたことを掻い摘まんで説明する。てっきり頭から否定してくれるものと思っていたのに、レオナルドは暁の予想に反して顔を顰めるばかりだった。

「嫌なことを耳に入れてしまったな」

「……レオ？」

まさか事実なのかと戦慄《せんりつ》が走る。

顔を覗きこむと、レオナルドは気まずそうに視線を逃がした。彼が自分から目を逸らしたことなどはじめてで、いやがおうにも不安を煽《あお》られる。口調にもそれが表れてしまった。

「俺に話すわけにはいかない？　部外者の俺が、国のことに首を突っこんではいけない？」

「そんな言い方をしないでくれ」

「でも、レオが俺にしてるのはそういうことだ」

目を合わせてくれない相手に、ついきつい言い方になる。

レオナルドはそれに一瞬言葉を呑み、やがて力なく首をふった。

「……そう、なのかもしれないな」

苦いものを堪えるように、その眉間には深い皺が寄っていく。上体を倒し、膝の上の手を何度も組み替えながら目を眇めるレオナルドを見ているうちに、罪悪感がこみ上げて来た。

「ごめん。八つ当たりした。今のは俺が悪い」

「アキ？」

「レオを傷つけたいわけじゃないんだ」

それでも、自分にはやらなければならないことがある。もう一度「ごめんね」と詫びると、暁は毅然とレオナルドを見た。

「俺はこの国を大切に思ってる。だからもしさっきのことが本当なら、俺は全力でふたりを止めるよ。それぐらい、俺は本気だ」

「……アキ……」

囁きさえ掠れて消える。

そうしてどれくらい見つめ合っていただろう。先に沈黙を破ったのはレオナルドだった。

「ありがとう」

静かに息を吐き出しながら、彼はゆっくりと目を伏せる。

「ひとつだけ確かなのは、アキが聞いた話は事実ではないということだ。私もアサドもそんなことをする気は毛頭《もうとう》ないよ」

「じゃあ」

「これ以上は言えない。少しでも危険が及びそうなことにアキを巻きこみたくないんだ」

「そんなの違う」

即座に首をふった。軍服の袖を摑むとレオナルドが驚いて目を上げる。どうか伝わりますようにと願いをこめて、まっすぐにアメジストの瞳を見つめた。

「レオは言ってくれたよね、俺のためならなんでもしたい、喜ばせてやりたいって。俺も同じ気持ちなんだよ。俺たちはそれを分かち合ってきたでしょう？」

「アキ……」

「俺に魂の半分を預けてくれたよね。俺たちは半身だよね」

必死になるあまり声が震える。それでもなりふりなんて構っていられなかった。

そう思うことだけどうか許して。想いを遂げられなくても。運命を重ねられなくても。

息を詰めてじっと見入る。ややあって、レオナルドの表情から迷いが消えた。

「そうだったな」

深い声に彼が覚悟を決めたことを知る。大きく深呼吸をしたレオナルドは姿勢を正すと、ようやく重い口を開いた。

「この国は、ラーマからいつ宣戦布告されてもおかしくないような状況にある」

「……え？」

あまりに予想しなかった内容に、理解するまで少しかかった。

自分の記憶が確かならば、ラーマはヴァルニーニの属国だったはずだ。経済援助がなくなったら即困窮《こんきゅう》するような立場の国が、果たして相手国に牙を剝くなんてあり得るだろうか。

疑問に首を傾げる暁に、レオナルドは「窮鼠《きゅうそ》猫を嚙むと言うだろう」と力なく嗤った。

ラーマとの国交を任されているグラディオが、軍事力を盾に内政干渉を強めつつあるというのだ。はじめのうちはしかたなく従ってきたラーマ側も、徐々に支配の色を濃くするヴァルニーニに戸惑いを隠せなくなっている。抗議やデモといった具体的な形で反発を示す団体もあったが、それらは悉《ことごと》く排除され、弾圧されていったのだという。

「自分に従わないものは認めない。兄にはそんな強引なところがある」

「でも、だからってこれは……」

「あぁ、決して許されることではない。なによりラーマが心を痛めているのは文化矯正《きょうせい》の爪痕だ」

ラーマはアラブ諸国の中の独立国だ。西欧のヴァルニーニとは文化も常識もまったく違う。けれどグラディオはそれまでの習慣を禁じ、自国の作法を持ちこもうとした。これにはさすがのラーマ国民も反発を露わにし、一時は同盟破棄とさえ噂されたという。

「どうしてそんなことを」

「今でこそラーマは属国だが、豊富な資源によって順調な経済成長を遂げている。いずれ遠からぬうちに属国という立場をあらため、対等に、あるいはヴァルニーニよりさらに大きな国になるかもしれない。その時に少しでも物事を有利に進められるようにとの狙いがあったのだと思う」

「今のうちに支配しておけば簡単にはひっくり返せないだろうってこと？　国民ひとりひとりの生活から変えてしまおうって？」

信じられない……。

呆然と首をふる。グラディオという男は、手の届く範囲を徹底的に自分の色に染め上げなければ気が済まない性格の持ち主なのだ。およそ共感できない傲慢《ごうまん》さに呆れるとともに、そんな兄を持ったレオナルドの心中を思い胸が痛んだ。

「それ、やめさせなくちゃ」

「何度も進言した。だが聞く耳を持とうともしてくれない。……兄には昔から嫌われているようで、取り合ってもらえた例《ため》しがないんだ」

レオナルドは歯痒そうに眉根を寄せる。

「父に相談している。ラーマのためにも、できるだけ早く手を打つつもりでいる」

「うん」

見上げる暁に、レオナルドは苦しそうに「だが」と続けた。

「アキが聞いたとおりになる可能性もゼロじゃない。私はそれを一番恐れている」

「……どういう、意味？」

「私もアサドも兄のすることに荷担するつもりはないし、むしろ止めたいと思っている。だが、そのせいで兄が失脚すれば、王位の第一継承権は私に委譲されるだろう。そうなれば、私がクーデターを起こしたと受け取られる可能性は充分ある」

「そんな……」

このまま放っておけばラーマは反乱を起こすかもしれない。そうなったらカマルを守る術《すべ》はなく、同盟破棄どころか、最悪戦争に突入してしまう。

かといってグラディオを失脚させればラーマ自体は守られるものの、周囲にはレオナルドの下剋上《げこくじょう》と映り、混乱は避けられないだろう。

いずれにせよ、あの男の言ったとおりになってしまう。こんなことを先んじて吹聴でもされたら堪らない。

無意識に唇を嚙んでいたのか、レオナルドがポンと肩を叩く。

「アキは、なにも心配することはないんだからな」

「でも……」

「大丈夫だ。私が守る」

まっすぐに見返した目には強い光が宿っていた。

――そうだった。

彼が軍服を纏い、勲章をつけるということは、この国に忠誠を誓うということなのだ。王子として、親善大使として、多くのものを背負いながらヴァルニーニを支えているレオナルド。彼がどれだけこの国を愛し、誇りに思っているかを自分はよく知っている。だからこそ、それを踏み躙《にじ》ろうとする輩が許せないと再燃する怒りを噛み締めた。

午前零時の約束なんて行く気もなかったけれど、こうなったら乗りこんでやる。そうしないと気が済まないし、悪い噂の喧伝《けんでん》を阻止することが今自分にできる精一杯だと思うから。

静かな決意を固めている脇で、レオナルドがゆっくり腰を上げる。

さっきの男に会いに行くことを言っておこうかとも思ったけれど、すぐに、大事なパーティの間にこれ以上心配をかけるのはよくないと思い直した。今度はもっと理性的に話せるはずだ。きっと短い時間で終わるだろう。

暁もレオナルドを追って立ち上がり、ドアの前まで見送った。

「レオ、無理しないでね」

「ありがとう。おやすみ」

レオナルドが静かに部屋を出て行く。廊下に出たところで立ち話のような声も聞こえたが、それもすぐに静かになった。

部屋を横断し、大きく窓を開ける。途端に夏の夜特有の水気を含んだ風が吹きこみ、前髪をゆるく巻き上げて行った。

すっかり暗くなった庭には等間隔に明かりが灯され、噴水の光がシャンデリアのようにキラキラと光っているのが見える。一際明るく照らされたバルコニーからは人々の笑いさざめく声が聞こえた。

あの煌びやかな世界に潜む陰。それをこの手で暴《あば》くのだ。あの男がなにものなのか、そして目的はなんなのか、しっかりと突き止めて来なければ。

窓辺に凭れながら頭の中でシミュレーションをくり返す。

刻々と約束の時間は近づいていた。


月が真上に架かる午前零時。

暁はそっと部屋を抜け出す。その影を追う輩がいるとも知らず、迷いのない足取りで歩きはじめた。

いつもは使用人が控えている廊下も今夜ばかりは無人のようだ。男もそれをわかった上で声をかけてきたに違いない。

とはいえ、不作法をするわけにはいかない。来賓の中にはラーマの人間もいるだろう。たとえ城中の目がパーティー会場に向いていたとしても、騒ぎを避けたい気持ちに変わりはなかった。

城の奥に進むにつれて人の気配が消えて行く。中庭に着くと、約束どおり男が立っていた。

「お待ちしておりました、トオノ様」

そう言って恭しく頭を下げる。

「来てくださると信じておりました。あなた様はとても賢明な方だ」

あいかわらずなにを考えているか腹が読めない。先ほどよりさらに近寄りがたく思え、臆しそうになる己を叱咤しながら暁はゆっくりと距離を縮めた。

「あなたは誰です？　俺に近づこうとする目的はなんですか」

けれど男は答えない。ただ鷲鼻の下で唇の端を吊り上げるだけだ。話しても無駄ならしかたがないと、暁はすぐさま本題を切り出した。

「さっきの件、デタラメなことを吹聴しないと約束してください」

男はいびつに口角を上げ、訳知り顔でニヤリと嗤う。

「人の噂とは恐いものですよね。いつの間にか尾鰭《おひれ》がついて大きくなって……本人の耳に入った時にはもう、取り返しのつかないことになっている」

「……」

この男はなにを言ってるんだろう。

訝る様子を見ながら、男は愉《たの》しそうに前髪の間から目を光らせた。

「あなた様も、それを体験なさったのではありませんか？」

「え？」

「あんなことを言われて、さぞお辛かったことでしょう」

「……まさか……」

その瞬間、縺《もつ》れた糸が一本に繋がる。あの根も葉もない噂はこの男の仕業《しわざ》だったのか——信じられない思いで相手を凝視《ぎょうし》する。ぶるぶるとこぶしが震え、気を張っていないと摑みかかってしまいそうだった。

男は顔色ひとつ変えずに肩を竦める。

「完全に嘘ではないから噂というものは出回るのです。種を蒔《ま》きさえすれば後は勝手に大きくなる。大きくなってからでは大変だ。摘み取ることもできやしない。そうなってはじめて、人は崖まで追い詰められていたと知るのです。本人の意志などお構いなしに、進退はもう決められている」

「どうして、そんなこと……」

カラカラに渇いた喉が引き攣《つ》れたように痛む。

対する男はあっけなく、「運が悪かったのですよ」と吐き捨てた。

「トオノ様に恨みなどはございません。けれどあなた様を慕うあのお方にはおとなしくしていただく必要がありましたので」

レオナルドのことだろう。

彼とこの男に一体どんな関係がと思っていると、相手は予想に反して自分は第一王子の従者であると立場を明かした。

「私がグラディオ様に仕えはじめた頃、あの方はまだ十にも満たない子供でした。けれど『短剣』の名を持つとおり一本気で、時に非情に徹することもできる。私はその目に覇者の片鱗《へんりん》を見たのです」

独立国とはいえ列強と肩を並べ、対等に渡り合っていかなければならない小国ヴァルニーニにおいて、次期国王にふさわしい人物だと誠心誠意仕えてきたという。

「それなのに、あのお方が……あのおふたりがすべてを崩した」

グラディオは王位継承者として既に別格の扱いを受けていたにも拘わらず、年の近い弟ふたりと事あるごとに比べられた。そして聡明さはレオナルドに、勇敢さはアサドに敵わないと陰で言われ続けたという。見目麗《みめうるわ》しい獅子たちに比べるとどこか華やかさに欠け、国王に似ていない灰色の目をしたグラディオはいつしか劣等感の塊となる。それが彼の性格を歪ませ、独裁者の道を歩かせることになったのだと男は話を締め括《くく》った。

恐らく弟たちが生まれてからずっと、グラディオはそうした思いを抱えてきたのだろう。彼の年齢を思えば根が深い話だと容易に想像がついた。

けれど、だからと言ってレオナルドを陥れていい理由にはならない。

「確かに、人と比べられる人生が辛いのはわかります。でも、レオたちが意図してやったことじゃないでしょう」

「あの方たちがいなければ、グラディオ様は苦しまれずに済んだのです」

「同じ兄弟なのに、どうしてそんな……」

「普通の兄弟ではありません。国王か、それ以外かです」

まるで国王以外を虫けら同然と思っているような口ぶりだ。暁が顔を歪めたことなどお構いなしに男は饒舌に話し続けた。

「第二王子がクーデターを企てているとなれば、国王は彼を隔離せざるを得なくなるでしょう。ラーマの反乱の証拠として、彼の従者やその母親も一掃できます」

「な……っ」

「グラディオ様にとってレオナルド様は、ご自分の次に王位継承権を持つ、己の地位を脅《おびや》かすものでしかありません。それに高潔なあの方は、異国の血がヴァルニーニ王家に入ることも本来お認めではないのです」

そういうことか――。

グラディオとはじめて会ったあの日、感じた違和感はこれだったのだ。彼は己の領域に外部因子が入ることを極端に嫌うのだろう。ラーマには自分を押しつけるくせに、外から入って来るものは受け入れない。これでは潔癖《けっぺき》というよりただの傲慢だ。

「そんなんじゃ……そんなんじゃ、信頼なんてしてもらえない」

現国王を見ればわかる。誕生日を祝うために民がどれだけその日を楽しみにしていたか。民衆に愛されるのは難しい。けれどその努力なくして玉座は在り続けはしないのだ。

「レオが地位を脅かす存在だと言いましたよね。でも俺は誓って言える。レオもアサドも、グラディオを追い落とそうとするような男じゃありません。彼らは心からヴァルニーニを愛しているし、兄を支えていこうと思ってるんです」

男がふんと鼻で嗤う。口車に乗る気など毛頭ないと言わんばかりの態度だ。それでも暁は辛抱強く言葉を重ねた。

「ふたりはラーマと共存したいと思っています。カマル様のためにも、二国間に結ばれた同盟のためにも。彼らは未来を壊す存在じゃない。彼らはグラディオの敵じゃない」

けれどどんなに言葉を尽くしても、男は聞く耳を持とうとはしなかった。

「口ではなんとでも言えるものです」

「ふたりのこと知りもしないくせに、どうしてそんなこと言うんです。どうしてわかろうとしてくれないんです……！」

悔しさのあまり感情を叩きつける。それでも飄々《ひょうひょう》とした態度の男にもどかしさを募らせた時だ。

「薄汚い鼠が、いつまでも私の城をうろついているのは不愉快だ」

不意に硬質な声がする。

暗闇に目を凝《こ》らすと、レオナルドと同じオフホワイトの軍服を纏い、王位継承者の証である青の大綬《たいじゅ》をかけたグラディオが柱の影から現れた。

目は死んだように虚《うつ》ろなのに、どこか冷たくギラついている。頭の天辺《てっぺん》から足の先まで無遠慮に暁を眺め回したグラディオは、さも軽蔑したように片眉を上げた。

「弟をどうやって誑かした」

「……！」

あからさまな蔑視《べっし》に目を瞠る。胸の奥がざわっとなり、血の気が引くのが自分でもわかった。

グラディオは顔色ひとつ変えずに口端を吊り上げるだけだ。相手が答えられないのをいいことに、なおも容赦ない言葉で畳みかけた。

「弟は、おまえを随分とかわいがっているそうじゃないか。異国の鼠などに骨抜きにされるとは嘆《なげ》かわしい」

「な…っ」

「だが、気に入りの玩具《がんぐ》というのはいいな。それを取り上げる楽しみができる」

これが実の兄の言うことなのか……。

嘲笑《ちょうしょう》に顔を歪めるグラディオに半ば呆然と言葉を失う。あのやさしい国王夫妻の血を引いているとはとても思えなかった。こうしてみると従者の言う、月日が人を狂わせるというのもあながち間違いではない。

当惑したまま動けないでいる暁に、グラディオは唐突に「私のものになれ」と命じた。

「男を抱いたことなどないが、気が向いたら相手をしてやる。おまえは男娼《だんしょう》なのだろう？」

「……！」

ひどい侮辱に息を呑む。怒りのあまり震えるこぶしをふり上げようとしたその時、背後から鋭い一喝が飛んだ。

「ふざけるな！」

驚いて後ろをふり返る。いつの間にそこにいたのだろう、仁王立ちするレオナルドの顔を見た途端、ほっと安堵の息が漏れた。

その彼がゆっくりとこちらに近づいて来る。暁を庇うようにグラディオとの間に割って入ると、真正面から兄を睨み据えた。

「アキは、私の魂を預けた大切な人だ。何人《なんぴと》たりともそれを侵《おか》すことは許さない」

グラディオはあいかわらず人を小馬鹿にしたように鼻を鳴らす。

「不抜けたことを言うようになったな。そんな男が我が弟とは情けない」

「私のことはいくらでも好きに言えばいい。けれどアキは別だ。彼を侮辱したことを、今すぐここで謝罪してもらおう」

「鼠に頭を下げる必要などあるものか」

「それは本気で言っているのか」

「誰に向かってそんな口を利いている。調子に乗るのもいい加減にしたらどうだ」

「……そうか。わかった」

口論の末、埒《らち》が明かないと踏んだのか、レオナルドが白手袋を外しにかかる。まさかと思う間もなく彼はそれをグラディオの足元に投げつけた。

「決闘を申しこむ」

「レオ！」

「心配ない。大丈夫だ」

縋りつく暁を宥《なだ》め、レオナルドはもう一度グラディオに向き直った。

「謝罪を断られた以上、私には剣でそれを求める権利がある。受け取れ」

レオナルドが目で手袋を示す。

「グラディオ様、おやめください。このような暗い時分に決闘など……」

従者はおろおろと取りなそうとしたが、グラディオはよほど自信があるのか、緩慢《かんまん》な動作で足元の手袋を拾い上げた。決闘の申しこみ受理の合図だ。

それを見てレオナルドが腰のサーベルを抜く。ほんの数時間前、アサドに「切れ味を試すか？」とからかわれ、「そうならないことを祈るよ」と苦笑していた件《くだん》の剣だ。

こんなことになるなんて……。

暁はぎゅっと唇を噛む。

レオナルドは迷うことなくゆっくりと剣を構えた。

「ヴァルニーニを背負うものとして、諸外国と渡り合うあなたは眩しかった。常に冷静で思慮深く、国家の繁栄のために尽くそうとするあなたを支えていけることを、私は誇りに思っていた」

その声が怒りに震える。「それなのに……」と悔しそうに唇を戦慄《わなな》かせると、レオナルドは顔を上げグラディオを睨みつけた。

「こうなってしまった以上、兄といえども容赦しない」

「私に剣を向けたことを死んで後悔するがいい」

この人、殺す気だ……！

とっさに止めようとしたのを後ろから肩を摑まれる。アサドだった。

「おまえに怪我させせんなって厳命だ」

下がってろと言われ、強引にレオナルドから引き離される。身の安全を最優先にとふたりを真横から見る位置まで連れて行かれた。

「アサド、どうしてここに……」

「俺が見張りをしてたんだ。あいつの頼みでな」

部屋を出て行った時、レオナルドが話していた相手はアサドだったのだ。彼はレオナルドの背中を見つめ、しかたがないなと眉を寄せる。

「無茶しやがって」

「ごめん。俺が……」

「いや、もとはといえば俺たちのいざこざだ。おまえのせいじゃない」

アサドは小さく首をふり、今にも踏み出さんとするふたりを見遣った。

「こうなったからには、あいつを見守ってやってくれ」

目がレオナルドに吸い寄せられる。

恐いくらい真剣な眼差し。彼があんなに怒りを露わにしたところをこれまで見たことがなかった。月に照らされた精悍《せいかん》な横顔にいつもの柔和さなど微塵《みじん》もなく、全身から滲み出る戦意がレオナルドの本気を物語っていた。

その胸元にはたくさんの勲章が光っている。肩からかけた大授だって、オフホワイトの軍服だって、すべて彼の地位と名誉を表しているものだ。そんな多くのものを背負っているくせに、この国の未来を担う役目があるくせに、暁の名誉が傷つけられた、たったそれだけのことで次期国王である実兄に剣を向ける。

ばかだ……。

鼻の奥がツンと痛む。胸の奥がグラグラと揺さぶられて息もできなくなった。

こんなことをして、罪に問われないはずがないのに。折檻《せっかん》されるかもしれないのに。怪我だってするかもしれない。傷だって残るかもしれない。やさしい人なんだ。それは自分が一番よく知ってる。

それなのにグラディオに剣を向けて、その一切を自分が背負おうとしている。

ばかだよ。そうまでして俺のこと……。

いつしか両手を握り締めながらレオナルドを見つめる。うれしいのと恐いのとで頭がごちゃごちゃになったまま、その一挙手一投足を目に焼きつけた。

王子たちはジリジリと間合いを詰めながら互いを探っている。

その間、執拗なまでに言葉で嬲《なぶ》ろうとするグラディオからは弟への劣等感が透けて見えた。狡猾《こうかつ》な表情を浮かべてはいるが、滲み出る焦りが彼の気持ちを代弁している。

徐々に端に追い詰められたグラディオは、苦し紛れに再び暁を引き合いに出した。

「第二王子ともあろうものが、こんなどこの馬の骨とも知れぬ相手に惑わされるとは」

そうすることでレオナルドの気を逸らせ、油断を誘うつもりだったのだろう。けれどレオナルドは悪計《あっけい》を退《しりぞ》け、逆にきっぱりと宣言した。

「身分など関係ない。私はアキでなければ意味がない」

「なぜそこまでして鼠を庇う。おまえは王家のプライドを地に落とすつもりか！」

「愛する人ひとり守れなくてなにがプライドだ。私にはアキより大切なものなんてなにもない！」

その刹那《せつな》息が止まる。胸がぎゅうっと痛くなり、熱いものがこみ上げた。

レオ――――！

自分に魂を半分預けてくれた時、彼は言った。いついかなる時も自分たちがともに在るようにと。

もう二度と会えないかもしれない自分のためにレオナルドは魂を賭《か》け、命を賭け、こんなにも懸命になってくれている。身分も立場もかなぐり捨てて、ただ自分だけを選んでくれている。

後悔にぐしゃりと顔が歪んだ。

身分の違いに囚われていた自分はなんだったんだろう。国や性別に囚われていた自分はなんだったんだろう。そんなものよりもっと重い、たったひとつしかない命を彼は自分のために賭けているのに。自分への愛に忠誠を誓ってくれているのに。

頑《かたく》なであろうとした心から戒《いまし》めの鎖が解けて落ちる。もうこれ以上自分の気持ちに背《そむ》けない――

そう、思った時だ。

一瞬の隙を突いてレオナルドが踏みこむ。剣は遂《つい》に夜を切り裂いた。

グラディオはすんでで避けるとともに、ためらいなくサーベルを突き出して来る。切っ先がヒュンと風を切り、今にも喉笛を掻き切ってしまいそうだ。レオナルドの赤いサッシュが血飛沫《ちしぶき》を連想させ、それがますます不安を煽った。

レオナルドにもしものことがあったらどうしよう。目の前でくり広げられる真剣勝負に生きた心地がしない。

それは一瞬の出来事だった。

グラディオの剣をはね除けたレオナルドが素早く懐に潜りこむ。胸を一突きにしようとしたその時、グラディオがとっさに切り返した。キン！　という高い音が辺りに響き渡る。火花が散った次の瞬間、それぞれの切っ先が互いを抉った。

「……！」

「く、……ッ」

レオナルドの軍服が裂けたのが見える。頭の中が真っ白になり、すぐさま飛び出そうとしてアサドに羽交《はが》い締めにされた。

「離して！」

「まだだ。終わってない」

決闘はどちらか一方が倒れるまで続けられる。真剣勝負を邪魔するなと戒められ、泣き出したい衝動を堪えながら暁は息を詰めて見守った。

怪我をしたのはレオナルドだけではない。今の斬《き》り合いでグラディオは左胸に深傷《ふかで》を負ったらしく、軍服の胸元が薔薇を差したように見る間に赤く染まってゆく。苦悶《くもん》に顔を歪めながらその場に崩れ落ちたグラディオは、それきり起き上がることはなかった。

辛《かろ》うじて肩で息をしているものの、これ以上の戦いは不可能だろう。レオナルドの勝利が確定した瞬間、暁は矢も楯も堪らず傍に駆け寄った。

「レオ！」

右脇を覆う手が血で濡れている。自分のためにこんな無茶をさせてしまったのかと思うと堪らなかった。

「今すぐ手当てするから。動かないでね」

痛々しさに視界がぼやけるのを懸命に堪えながら傷口にハンカチを押し当てる。それでも滲んで来る鮮血に、このままではレオナルドが死んでしまうかもしれないと頭がおかしくなりそうだった。

「ごめん。俺のために、ごめん……ごめんね……」

もう限界だった。

箍《たが》がゆるんだようにぼろぼろと涙が零れ落ちる。それをそっと手で拭うと、レオナルドは安心させるように目を細めた。

「アキの名誉は、守れただろうか」

「充分過ぎるくらいだよ」

あぁ、胸が締めつけられそうだ。言葉にならない想いを伝えるように暁はレオナルドに抱きついた。

「そうか」

愛しい手が髪に触れる。

「よかった……」

小さく笑うのが気配でわかった。

ふと、靴音が聞こえて身体を起こすと、グラディオを支えた従者がふらふらと立ち去ろうとしているのが見えた。ぐったりとした王子は男に体重を預け、足取りはひどくおぼつかない。彼が歩いた後には点々と血痕が残され、傷の深さを物語っていた。

もし、立場が逆だったら……。

そんな考えが頭を過ぎり、今さらのように鳥肌が立つ。運が悪ければ、レオナルドがあんなふうにぐったりしていたかもしれないのだ。

顔をこわばらせる暁を励ますように手を握り、レオナルドは傍で控えていたアサドに目配せした。

「騒ぎにしたくない。悪いが連れて行ってくれ」

「わかった」

アサドの声もいつもより硬い。

傷口が引き攣れないよう、左腕を肩に回して担《かつ》ぎ上げるアサドを手伝い、ふたりでレオナルドを部屋に運ぶ。きっちり着こまれた軍服を脱がせるのは骨が折れたが、少しでも楽になって欲しい一心で暁は懸命に手を動かした。

寝衣《しんい》に着替えさせてベッドに寝かせ、汗を拭いている間にアサドが医者を連れて来る。道中掻い摘まんで事情を伝えていたのだろう、ベルニ家お抱えという白髪の医師は、レオナルドの怪我を見ても慌てることなく鮮やかな手つきで処置を終えた。

「細菌感染の心配はありませんが、数針縫っておりますのでしばらくの間は安静に」

「はい」

「今夜は熱が出るでしょう。解熱剤と痛み止めをお出ししておきます。レオナルド様のご容態に変わりがありましたら、すぐにご連絡を」

「ありがとうございました」

ドアまで医師を見送り頭を下げる。扉を閉めた途端、それまで張り詰めていた糸がぷつりと切れたように暁は小さく吐息した。

「見慣れないもん見て驚いたろ」

アサドに髪を掻き混ぜられ、よくわからないまま頷く。その瞬間、自分はとても恐かったんだと今さらながら気がついた。

「思い切りのよさはおまえとよく似てるよな」

薬で眠っているレオナルドを見ながらアサドが苦笑する。

「レオナルドなりのけじめだったんだと思う。自分の手で本当におまえを守れるのかって」

「そんな……」

「『アキになにかあったら私は一生自分を許せなくなる。少しでもおかしなことがあれば呼んでくれ。なにがあっても駆けつけるから』――俺に見張りを頼んだ時に、レオナルドが俺に言った言葉だ。それぐらい、この男はおまえのことが大事なんだよ」

「……レオ……」

おだやかに眠る姿からはさっきまでの猛々《たけだけ》しさなど感じられない。それでも彼の中の激情に触れ、想いの強さを見せつけられて、決心がつかないわけがなかった。

今夜はつき添うと言うアサドに、暁は自分が看病したいと申し出る。

「俺のために頑張ってくれたレオに、今度は俺が返す番だ」

真剣に見上げると、ややあってアサドは頬をゆるめ、もう一度暁の髪を掻き混ぜた。承諾の合図だ。

「頼んだぞ」

「うん」

アサドが出て行って間もなく、レオナルドの発熱がはじまった。

身体を拭いたり、氷を変えたりと暁は身の回りの世話に没頭する。少しでも苦しみが和らげばと祈るような気持ちで何度も何度もタオルを替えた。

こんなことしかできないけれど、それでも彼の役に立ちたい。レオナルドのやさしさに報《むく》いたい。そして彼が与えてくれた人を想う喜びを、想い合えることのしあわせを、目を覚ました彼に伝えたい。

どうか早くよくなりますように……。

願いをこめ、暁は献身的に看病を続けた。


ふと目を覚ますと辺りは暗く、シンと静まり返っていた。どうやら椅子に座っているうちに眠ってしまっていたらしい。

「……そうだ。レオ」

すぐさま椅子を立ち、レオナルドの様子を確認する。規則正しくくり返される寝息から苦しそうな様子はなく、解熱剤が効いたのか、熱もだいぶ下がったようだった。

よかった……。

ほっとしながら汗で貼りついた前髪を掻き上げてやる。濡らしたタオルで顔や首回りを拭うと気持ちがいいらしく、その頰にはわずかな笑みが浮かんだ。

そんなレオナルドを見ているとあの荒々しさが嘘のように思えてくる。

中庭でグラディオに剣を向けたことも、自分の名誉のために尊い血を流したことも、全部夢だったらどんなにいいだろう。そうしたらこんなふうにレオナルドが傷つくことも、兄弟で争うこともなかった。

けれど同時に、灼《や》けるような想いに触れることもなかった——心の声に暁はじっと耳を傾ける。レオナルドの中にあんなにも強い気持ちがあったことを知り、揺さぶられないわけがなかった。

じっと見つめながら、前にもこうして寝顔を見守ったことがあったと思い出す。

あれははじめて会った日のこと、自分のアパートにレオナルドを招待した日の夜だ。アサドと追いかけっこをしたせいで疲れていたのか、風呂上がりの自分を待つわずかな間にもソファでうたた寝をしていたのだっけ。

金色の睫毛、彫りの深い顔立ち。無駄のない頬のラインは凛々しく、笑みを浮かべる唇はどこか色っぽい。目が吸い寄せられたまま離せなくなる不思議な魅力がレオナルドにはあった。

あの時も綺麗だと思った。今はそれ以上に、愛しくて堪らない。

出会ってから今日までのことが走馬燈《そうまとう》のように目の前を過ぎる。

狭いアパートで一夜を過ごしたこと、運命に導かれるままこの城で再会したこと。お忍びで史跡を巡り、クーポラで魂の半分を預かったこと。ヴァルニーニの歴史を学び、彼を取り巻く環境を肌で感じ、そうやってレオナルドに近づいていくうちに彼の中の闇を知った。彼の抱える寂しさを埋め、虚しさを払拭《ふっしょく》したい、味方でありたい。そんな気持ちは日を追うごとに強くなり、やがて唯一無二の想いとして大きく育っていったのだ。

そんな自分の気持ちに、最後までブレーキをかけていたのも自分だった。

第二王子として、親善大使として、国や王を支えなければならないという立場の前に、なす術なく白旗をふろうとしていた。それはしかたのないことだと思っていたし、変えようのない現実に見えた。

事実、今もそれは少しも変わっていない。けれどレオナルドは、そんなしがらみさえも越えてみせると背中で語った。

——愛する人ひとり守れなくてなにがプライドだ。私にはアキより大切なものなんてなにもない。

あの時のレオナルドの姿をきっと一生忘れないだろう。なにもかもふり捨てて戦ってくれた。自分のために、命を賭けて戦ってくれた。

「レオ……」

震える声で名前を呼ぶ。

それに応えるように不意にレオナルドが身動《みじろ》ぎした。金色の睫毛がふわりと揺れ、蛹《さなぎ》から蝶が羽化《うか》するようにゆっくりと瞼が持ち上がってゆく。

「アキ」

すべてを包みこむようにやさしく笑われ、言葉はなにも出なくなった。

レオナルドが無事でよかった。

この人を失わなくてよかった。

「……っ」

胸が一杯で声も出ない。目の奥がじわりと熱くなるのを感じながら、暁は横たわったままのレオナルドに抱きついた。

「心配をかけてすまなかった。不安な気持ちにさせたな」

大きな手が安心させるように何度も何度も背中を撫でる。時折やさしく髪を梳きながら、レオナルドは静かに口を開いた。

「……夢を見たよ。出会ってからのことを、全部」

「全部？」

思わず身体を起こす。それに手を添えながら、レオナルドはうれしそうに頬をゆるめた。

「アキがどんなことを言ったか、どんな顔をしたか。なにに喜んで、なにに悲しんだのか。……全部覚えておきたいと思って見ていたから、思い出すのは難しくない」

「レオ」

自分が一喜一憂するたび、彼はそんなことを考えていたのだ。二度と会えなくなるとわかっていたからこそ、記憶に焼きつけようとしていたのだろう。そしてそれは自分も同じだったのだと脳裏を過ぎる思い出に暁はぎゅっと唇を噛んだ。

「アキは、私の救い主だったんだ」

レオナルドの手が延びて来て、慈しむように頬を包む。そのあたたかさをさらに求めるように暁は頬を擦り寄せた。

「私が王子だと知っても態度を変えなかったばかりか、重荷を分かち合い、私の心と話をしてくれた。私がどれだけうれしかったか――真っ暗闇の中で、一等星を見つけた気分だった」

誇らしくてしかたないとその眼差しが告げている。「俺はそんなにいいものじゃないよ」と言ってみても、うれしそうに首をふられるばかりだった。

「ありのままを受け入れることは簡単なようでとても難しい。仕事をしていてもそれを日々痛感する。

けれどアキには、多様性を認め合える素晴らしい素養がある。アキの柔軟さ、勤勉さ、そして前向きな明るさを私は心から尊敬している」

「レオ……」

自分よりずっと大人で、憧れそのもののように映っていたレオナルド。彼がそんなふうに思っていてくれたことを知り、胸が熱くなってゆく。

「本当は、二度と告げないつもりでいた。アキを困らせたくないと思っていたのに……」

眉間に皺が刻まれてゆく。けれど迷いをふり切るように息を吸うと、レオナルドはまっすぐに暁を見た。

「私といることでまた辛い目に遭わせてしまうかもしれない。謂れなき中傷《ちゅうしょう》に名誉が傷つけられるかもしれない。けれどその時は、許されるなら……どうか私に守らせて欲しい」

「……レオ……」

深い声音に息が止まる。

「私には、アキより大切なものなんてなにもない。全身全霊をかけて愛している」

その瞬間、最後の枷が外れる音を聞いた。

あぁ、やっとだ――――。

手を取り合える時が来たのだと思うと不覚にも涙がこみ上げる。震えそうになる唇をぎゅっと結び、暁は愛しい相手をじっと見つめた。

もう自分たちを隔《へだ》てるものはなにもない。国も身分も性別さえも、ふたりの強い想いの前に終《つい》ぞ障壁にはなり得なかった。そんなふうに彼を愛したことを、彼に愛されたことを、心の底から誇らしく思う。全身の血が歓喜に沸《わ》き、後から後から想いがあふれた。

「俺、も……」

壊れそうなほど早鐘を打つ胸を押さえ、一生懸命息を吸う。レオナルドにちゃんと伝えたいのだ。ありったけの想いを伝えたいのだ。

「俺も、レオのことが好きだよ。友達としてじゃなく、大切な相手として」

告げた途端、胸がぎゅうっと苦しくなる。けれどそれは痛みではなく、甘やかで切ない、泣きたくなるようなしあわせな気持ちだった。

「アキ……本当に？」

レオナルドが確かめるように真剣な顔で見つめてくる。暁はゆっくり頷くと、頬を包む手のひらにそっとくちづけた。

「俺のせいで嫌な思いをさせるかもしれないけど、迷惑をかけるかもしれないけど……でもごめん、やっぱりどうしても諦められない。レオのことが好きだから」

「アキ」

「やっと言えた。うれしい……」

笑い顔に涙が一筋伝い落ちる。それを指先で拭いながら、レオナルドもまた感極まったように目を細めた。

頬を包んでいた手が後頭部に回され、引き寄せられる。ゆっくりと上体を倒した暁は本能が命じるままに瞼を閉じた。

静かに唇が重なる。あたたかで薄い皮膚越しに彼の愛情が流れこんで来るようで、目を閉じていても眩暈を覚えた。触れては離れ、離れては触れ、互いの境目をわからなくするほどひとつに溶け合う。

掬い上げるようにしてやさしく下唇を食《は》まれると、それだけで息が上がるのが恥ずかしかった。

「アキ、愛してる」

レオナルドの声もどこか掠れている。耳元で低音の美声に囁かれるだけですぐに腰がぐずぐずになった。

「愛してるよ。アキに出会えてよかった」

「俺も……」

吐息混じりに応えればたちまちキスが深くなる。何度もくちづけを交わしながら、ふたりは互いの想いを確かめ合った。

そうしているうちに、鎧戸《よろいど》の隙間から淡い光が零れはじめる。夜が明けようとしているのだ。

起きたいと言うレオナルドを「傷に障《さわ》る」と止めたが、彼は頑《がん》として譲らなかった。

「だてに身体を鍛《きた》えていない。これぐらいの浅い傷ならなんでもないよ」

「でも」

「空が見たいんだ。私たちが結ばれた日の夜明けを」

恥ずかしげもなく告げるなり、レオナルドはゆっくりと身体を起こす。痛みに顔を顰めるのではと内心心配しながら見守ったものの、一度もふらつくことなく立ち上がった彼に逆に惚れ惚れとさせられた。

「一緒に行こう」

肩を抱かれるまま窓辺に近づく。重い鎧戸を開け放った向こうには、刻々と表情を変える朝焼けの景色が広がっていた。

濃紺の空は地上に近づくにつれて水で溶いたような淡色に変わり、うっすらと黄みを帯《お》び、次第にオレンジやピンクを纏ってゆく。蜜を溶かしたようなやわらかな色合いにふたりは言葉もなくただ見入った。

動的でありながら静謐《せいひつ》な世界。

これまで何十億年もの長い間くり返されてきた夜明けが証明する。どんなに辛いことがあっても明けない夜はない。来ない朝はないのだ。泣きたくなるような美しさからは、そんな強さや直向《ひたむ》きさまでも感じられた。

「これを暁と言うんだな。私の知るアキそのものだ」

レオナルドが感嘆のため息を吐く。愛しい人とともに見る夜明けに、暁もまた心を揺らした。

「今なら父さんたちの気持ちもわかる気がする。自分にとって、一番大切なものがここにあるから」

「ならば私も、アキの父上に倣おう」

レオナルドはサイドテーブルの引き出しから細長い箱を取り出し、向き直る。

「いつか渡したいと思っていた。こんな素晴らしい時に手渡せるなんて、私はしあわせものだ」

そう言うなり、床の上に膝を突いた。

「レ、レオ？」

目を丸くする前で、レオナルドがゆっくりと蓋を開ける。ビロードの台座には美しく輝く銀細工のペンダントが収まっていた。一目で高価な品だとわかる。百合をあしらったペンダントヘッドには、彼を思わせる小さなアメジストが埋めこまれていた。

驚くままにレオナルドを見る。その眼差しは情熱に染まり、想いのすべてを捧げると語った。

「アキに生涯変わらぬ愛を誓う。どうか私とずっと一緒にいて欲しい」

これはただの告白じゃない。レオナルドは生涯のパートナーとして、自分を求めてくれているのだ。

途方もないしあわせを前に、すぐには頷くこともできなかった。

「俺が……受け取ってもいいの」

「そんな」

「他の誰にも渡すつもりはないよ。アキに受け取ってもらえなければ、私は海に身を投げるしかない」

「本当だ。それぐらい、本気でアキだけを愛している」

「レオ……」

「この命のある限り真心を尽くすことを誓う。だからお願いだ、私におまえの愛を乞わせてくれ」

まっすぐに見つめてくるアメジストの瞳。こんなにも一途に求められて、どうしてためらうことなどできるだろう。

「これを、アキの首にかけてもいいね？」

確信を持った声に導かれるまま、暁はゆっくりと頷いた。

レオナルドは立ち上がると暁の首に手を回し、細いチェーンの留め金を嵌《は》める。愛と覚悟を秘めたペンダントに触れながら、暁はまっすぐに恋人を見上げた。

「ありがとう。一生、大切にする」

折り紙の百合をプレゼントした時、レオナルドが返してくれたのと同じ言葉だ。それがわかるのだろう、泣きそうな顔でふわりと笑うと、レオナルドは大きく両手を広げた。

宝物のように大切に抱き締められ、胸が一杯になる。彼の匂い、彼のぬくもりを感じているだけで、他にはなにもいらないと思えるくらいしあわせな気持ちになった。

まるで夢の中にいるみたいだ――そう言うと、レオナルドが小さく笑う。

「また私の台詞を取ったな」

「じゃあ今度はレオが言って。俺の言いたいこと」

眼差しにそっと甘い蜜を混ぜる。レオナルドはそれを難なく読み取り、耳元に唇を寄せた。

「今すぐ、私のものだと確かめさせてくれ」

艶を含んだ声音にたちまち全身が熱くなる。心が通い合った途端、それ以上を求めて浅ましくも鼓動が高鳴った。

羞恥に俯く顎を掬われ、至近距離で見つめられる。いつもはおだやかなレオナルドの目が熱っぽく閃いているのを見た瞬間、無意識のうちに喉が鳴った。

「レオ……」

「嫌ならしないよ。アキの心の準備ができるまで待つ」

その声は渇望に掠れている。

「だがもし、私と同じ気持ちでいてくれるなら……私におまえを愛させてくれ」

「レオ、だけど傷が……」

「アキが欲しい」

情欲に濡れた瞳がもう一秒だって待てないと訴える。顔中にキスの雨を降らされ、ねだられ、身も心も彼の恋人になりたい気持ちで一杯になった。

「……レオは狡い」

照れ隠しに胸に顔を埋める。レオナルドは確かめるようにもう一度恋人を抱き締めると、次の瞬間軽々と暁を横抱きにした。

「わっ！」

「ベッドに連れて行くよ。ふたりで愛し合うためにね」

至近距離で色っぽくウィンクを投げられ、極上の笑みに声も出ない。顔を真っ赤にする暁を愛おしそうに見下ろしながら、レオナルドは再びキスを落とした。

ベッドに運ばれる間も、シーツの上に降ろされてからも、唇は終始塞がれたままで呼吸さえも奪われる。いつもの彼らしくない強引さに強く求められていることを感じてうれしかった。

唇の間から熱い舌が潜《もぐ》りこんで来る。歯茎を擽り、歯列を割ったレオナルドはそのまま一気に口内を占拠《せんきょ》した。

「……ん、っ」

奥で縮こまっていた舌を誘い出され、自分のそれと重ねて捏《こ》ねられる。唾液の甘さに喉を鳴らすとレオナルドがうれしそうに笑うのがわかった。

まるで獅子が獲物を食むように巧みに舌で愛撫される。このまま食べられてしまうんじゃないかと思うほどレオナルドのキスは深く、情熱的だった。全身に力が入らなくなり、縋っていた腕がシーツに落ちる。頭がぼおっとしてしまい、口端からは飲みこみそこねた唾液が伝った。

レオナルドはそれを舌で掬い、そのまま再び唇を貪《むさぼ》る。口蓋を擽られた途端、背筋を這い上がるぞくぞくとした感覚に肌を粟立《あわだ》たせた。

「ん、……う……っ」

レオナルドが性急に暁の着衣を乱す。Tシャツを捲り上げ、ズボンの前を寛《くつろ》げると、同じ男の身体にも拘わらずレオナルドは恍惚《こうこつ》と甘いため息を漏らした。

「綺麗だよ、アキ」

「そんな……」

「本当だ。アキはどこもかしこも美しい」

腰の下に手を差しこんで身体を浮かせ、レオナルドは下着ごと暁のズボンを奪う。靴も靴下も手荒く脱がせてベッド下に放るなり、あらためて唇を合わせた。

キスしながらレオナルドも衣服を脱ぎ捨てる。上半身が晒された途端、脇腹の白いガーゼが痛々しく目を引いた。

「レオ、痛くない？」

そっと手を伸ばしてガーゼに触れる。レオナルドはその手を取り、誓うようにくちづけた。

「アキに触れているだけで痛みなんて忘れてしまう」

「本当？」

「あぁ。だからもっと夢中にさせてくれ。アキのすべてを私のものにしてしまいたい」

「いいよ、レオ。俺もレオが欲しい……」

腕をレオナルドの首にかけて引き寄せる。くちづけをもってそれに応えたレオナルドは、すぐさま恋人の快楽を引き出しにかかった。

頬を包んでいた両手が首から鎖骨《さこつ》を通ってゆっくりと胸に降りて行く。肌に直接触れられるだけでもドキドキしてしかたがないのに、あきらかな意図を持って撫で回されるとひとたまりもなかった。

レオナルドの指先が淡い色合いの突起に触れた途端、身体がビクリと波打つ。触れるか触れないかの曖昧《あいまい》なタッチで何度も先端を擦られると、むず痒《がゆ》いような、なんとも言えない感覚に襲われた。

「や、…それ……」

「恥ずかしがらなくていい。もっと感じて……そしてアキのいいところを私に教えて」

「ばか…、や……んんっ」

レオナルドの手腕になす術もない。緩急《かんきゅう》をつけた愛撫《あいぶ》に翻弄《ほんろう》され、堪え切れない甘い声が漏れた。

それが恥ずかしくて堪らないのに、触れられるほどぐずぐずに蕩かされてしまう。やさしく花芽《かが》を摘まれ、捏ね回されるだけで、電気が走るような感覚に苛《さいな》まれた。

「ん、…レオ……っ」

「かわいいよ」

小さくやわらかだった先端はピンと尖り、与えられる愛撫に色を濃くする。レオナルドの唇に挟まれた途端、もたらされた鋭敏な刺激に暁は思わず息を詰めた。唾液を広げるように大胆に舌を使われたかと思うと、舌先だけで悪戯に先端を擽られる。強く吸われるとそれだけで下腹に重い熱が溜まるのがわかった。

「……、……っ」

ちゅ、ちゅ、と音を立ててそこにキスを落とされ、もはや喘《あえ》ぐこともできない。声を殺したまま暁はひたすらはじめての快感に身悶《みもだ》えた。

胸がじんじんと疼き、身体中の血が沸騰《ふっとう》しそうだ。行き場を求めてさまよう熱は欲望の証となってレオナルドにもどかしさを見せつけた。

「感じてくれているんだな」

そっと下肢《かし》の間に手を伸ばされる。

「もうこんなにして……」

「あ、…ぁ……っ」

レオナルドの手が知らしめるようにゆっくりと先端を撫で回す。いつの間にか硬く立ち上がっていた暁自身は、そんな些細《ささい》な行為にさえ喜びの涙を零した。

「濡れてる」

「言、わな……」

「かわいいよ、アキ。すごく素敵だ」

とろとろと漏れる先走りを塗りこめ、レオナルドがゆっくりと花芯《かしん》を扱《しご》く。

「あ、だめ……っ」

それだけでも目の前がくらくらし、強烈な射精感に襲われた。信じられないほど感じてしまい自分で自分がコントロールできない。離して欲しいと訴えても彼が聞き入れるわけがなかった。

「我慢しなくていい」

「やだ、俺、……早い、から」

「かわいいよ。何度でも気持ちよくなってくれ」

「あ、……だめ、レオ……そんな、したら……っ」

頭がグラグラとして取り繕《つくろ》う余裕もない。レオナルドはそれをさらに煽るように敏感な部分を攻め立てた。

「や、だめ……だめ……っ」

愛しい手によって欲望を残らず暴かれてゆく。逞しい腕に縋り、持って行かれそうになる意識を懸命に繋ぎ留めようとした瞬間、覚えのある感覚が急速に一点に集まった。

「……あ、もう……っ」

一瞬、身体がふわりと浮き上がったかと思うと、花芯から勢いよく蜜があふれる。あまりの気持ちよさに頭の中が真っ白になり、そのままなにもわからなくなった。

けれど、腹に散った白濁《はくだく》をレオナルドが拭ってくれたことで暁はハッと我に返る。

「ご、ごめん」

はしたなさを詫びると、レオナルドはとんでもないと言うように首をふった。

「アキが気持ちよくなってくれることが私はうれしいんだよ」

「で、でも……恥ずかしい……」

「私たちは大切なパートナーだろう？　私だけに見せてくれ。アキのいやらしい顔がもっと見たい」

唆すように唇をペロリと舐められ、浅ましくも熱が上がる。ぎゅっと抱き締められると触れ合ったところから想いが染みこんで来るような気がして、逞しい肩にそっと口づけた。

「レオ……好き」

あふれる気持ちが言葉になって零れ落ちる。レオナルドは愛しくて堪らないというようにそっと目を細めた。

「私も愛しているよ。……アキ、私のかわいい人……」

形のいい唇が再び身体中に熱を灯す。触れていないところなどないほど、どこもかしこもレオナルドに暴かれ、彼のキスで埋め尽くされた。

下腹部まで降りて行った唇がやさしく下生《したば》えにくちづける。同時にまたも自身に触れられ、暁は慌てて身を起こそうとした。

「そんな、すぐには……」

無理だと言うつもりが、再び芯を持ちはじめていた自身に逆に狼狽える。熱を放ったばかりだというのに、こんなことははじめてだった。

「硬くなってる」

「ん、…っ」

「感じやすいんだな。かわいいよ」

レオナルドは手の中でゆっくりとそれを育てながら、太股《ふともも》の内側にキスを落としてゆく。時々強く吸われるたび白肌に赤い花が咲いた。

「あ、ん、……んんっ」

先端から、とぷんと蜜が零れ落ちる。それを潤滑剤《じゅんかつざい》代わりに花芯を扱かれるうち水音は徐々に大きくなり、耳を覆いたくなるほど淫猥《いんわい》に響いた。

「レオ…、ど、しよ……」

「気持ちいい？」

「ん、いい……よすぎて、おかしくなりそう……」

そう言った途端、レオナルドの眉間に皺が寄る。くっと息を殺すのがわかった。

「あまり煽らないでくれ。我慢できなくなる」

苦笑しながら、お返しとばかりに敏感な括《くび》れを一撫でする。

「ひゃうっ」

強い刺激におかしな声が漏れた。身体が撓り、思わず膝の間に割りこんでいるレオナルドの胴を締めつけてしまう。

「それ、や……」

ふるふると首をふってもレオナルドは笑うだけだ。

「こっちはそうは言っていないようだぞ」

今の刺激で花芯はすっかり濡れている。伝い落ちた蜜を指先で掬い取り、レオナルドはまだ誰も触れたことのない暁の秘所へと手を伸ばした。

「あ…っ」

「力を抜いて。ゆっくり慣らす」

「レオ……」

片方の手で花芯をゆるゆると愛撫されているせいで、後ろへの注意がおざなりになる。その隙にレオナルドは硬く結んだ蕾《つぼみ》をあやし、ゆっくりと花開かせていった。

「や、……あぅ、んっ」

「そう、上手だよ。痛くないか？」

「ん……っ」

頷くだけで精一杯だ。少しでも力を入れようものならすかさず前を擦られ、ふわふわとした心地になった隙に後ろを探られる。はじめは苦しいばかりだったそれも、指が根元まで埋めこまれる頃には不思議な感覚となって身体に馴染みはじめていた。

自分の身体の中に誰かを感じるというはじめての経験。それがレオナルドによってもたらされていることがうれしくて、どうしようもなく昂ってしまう。

「あぁっ」

恋人の指がある一点を擦めた瞬間、思わず声が漏れた。なにが起こったかわからないままこみ上げる熱に身体が震える。立て続けに二度、三度と同じ場所を押し上げられ、ぞくぞくとしたものが下肢に集まって来るのがわかった。

「それ、なに……？」

「ここがアキのいいところだな。ほら」

捏ね回すように小刻みに揺すられ、声にならない声を上げる。このまま達してしまいそうで、暁は必死に首をふった。

「俺だけじゃ、やだ。レオも……」

「それならもう少し慣らさないとな」

レオナルドは一度指を引き抜き、二本揃えて差し入れる。狭い隘路《あいろ》を暴かれる一方、濡れそぼった前を擦られ、長く続く甘い責め苦に無意識のうちに腰が揺れた。

「ん、ん……っ」

三本まで増えた指がとろとろに解けた蕾を往き来する。最後に中をぐるりと抉るようにして引き抜かれた途端、暁の後孔《こうこう》は恥ずかしくも物欲しげにひくついた。レオナルドはそれをあやすように額に小さなキスを落とす。そうして両足を肩に担ぎ上げると、熱く昂る己をそこに宛《あ》てがった。

「あ……」

ゆっくりと押し入られ、息苦しさに喘ぐ。指とは比べものにならない圧倒的な質量に、太股がぶるぶると震えた。

「すまない。苦しいな」

レオナルドが気遣わしげに顔中にキスの雨を降らせる。

「だい、じょぶ……だから……」

苦しい息の中、それでも安心させるように笑ってみせた。

「俺は大丈夫、だから……来て……」

「アキ」

「レオとひとつになりたい……」

痛みのあまり眦《まなじり》から涙が零れ落ちる。レオナルドはそれを唇で吸うと、「わかった」と頷いた。

「たとえ傷つけたとしてもアキを抱く。その代わり、償《つぐな》いも私にさせてくれ」

深いくちづけとともにぐっと雄蘂《ゆうずい》が埋めこまれる。先端の太い部分を飲みこんでからは、後は一息だった。

「……ん、ぅっ」

一分《いちぶ》の隙もないほどレオナルドで一杯になる。彼がドクドクと脈打つのが身体の内側から伝わって来て、うれしさのあまり中が波打つように動いた。

「……く、っ」

その途端、レオナルドが苦悶の表情を浮かべる。彼自身が一際体積を増したのがわかった。

「あ、大っき、……？」

「アキが煽るからだ」

「ん…っ」

ギリギリまで深く繋がったままレオナルドが小刻みに身体を揺すり上げる。淫《みだ》らに中を掻き回され、熱く逞しいもので肉を抉られ、押し出されるように嬌声《きょうせい》が漏れた。痛みだけではないなにかがじわじわと湧き上がってくる。それは愛しさとあいまって暁を快楽の渦《うず》に落とした。

「あ、レオ、……レオ……っ」

シーツを掴んでいた手を取られ、首に回される。導かれるまま暁は逞しい肩に縋った。

「アキ……」

甘いテナーが情欲に掠れている。レオナルドはそっと唇を吸うと、やわらかに目を細めた。

「愛しているよ、アキ。私はずっとおまえのものだ」

「レオ……」

「アキも同じだと言ってくれるね？」

真正面から覗きこまれ、その真摯な眼差しに吸いこまれる。アメジストの愛しい瞳を見上げながら暁は満面の笑みを浮かべた。

「俺もずっと、レオのものだ。レオだけのものだよ」

「アキ……」

愛してるという囁きがキスに溶ける。動きが再開され、ふたりは瞬く間に高みに向かって駆け上がって行った。

最奥を穿《うが》たれ、情熱のすべてを打ちつけられて息もできない。身も心もレオナルドに甘く蕩かされ、なにも考えられなくなってしまった。わかるのはこの身のしあわせ、ただそれだけ。全部レオナルドが与えてくれた。レオナルドが叶えてくれた。

「あ、…レオ、もう……っ」

上擦った声で限界が近いことを訴える。一層激しく腰を打ちつけてくるレオナルドに、ふり落とされないように必死に縋った。

「……ぁ、だめ、……イ、ちゃう」

「あぁ、私もだ」

「レオ、一緒、に……っ」

奥深くまでレオナルドを受け入れ、痺れるような甘い疼きに身を任せる。息も止まりそうなほど互いのすべてで愛し合った。

「アキ……」

「レオ、レオ……、———……っ」

暁が二度目の解放を遂《と》げて間もなく、レオナルドもまた逐情《ちくじょう》を果たす。身体の奥に受け止める熱い飛沫《ひまつ》に、本当にひとつになれたのだと言葉にならない喜びが胸を満たした。

整わない息の中、幸福に酔いしれる。

「うれしい……」

素直に打ち明けると、レオナルドは「また私の台詞を取って」とお決まりの文句でふわりと笑った。

身体を繋げたままやさしく抱き締められる。

「ありがとう、アキ。私を選んでくれて」

「それを言うなら俺の方。俺を好きになってくれてありがとう」

少しだけ身体を離し、顔を見合わせて小さく笑う。こんなおだやかな愛に巡り会えたことを心の底からしあわせだと思った。

「これまでの全部に感謝したい気分」

たくさんのものを乗り越えて来たからこそ、ここに辿り着くことができた。それは自分ひとりの力ではなく、ふたりの気持ちだけでもなく、周囲の支えと運命が結びつけてくれたのだと思う。

「そのすべてに報いるためにも、全力でアキをしあわせにする」

レオナルドは厳かに暁の首にかかっているペンダントにくちづける。真実の愛に違《たが》わぬ誓いに暁はそっと相好を崩した。

「もう、なってるよ」

「アキ？」

「レオといられるだけで、俺はしあわせなんだから」

レオナルドは一瞬目を瞠り、それからふわりと頬をゆるめる。

「また私の……、だな」

困ったような顔に思わず笑ってしまった。甘やかなキスに目を閉じながら、これからもこんなふうに愛しい日々が続きますようにと願いをかける。

夜明けの空が、祝福するように薔薇色に染まっていった。

＊

朝食が終わるなり、謁見の時間になるのも待たずレオナルドは国王の元に馳せ参じた。

「父上」

猛然とドアを開け入って来た息子に国王はわずかに眉を上げる。四人いる子供のうち最も礼儀正しいのがレオナルドだからだ。その彼が臣下たちの制止もふり切り、まっすぐやって来る様子になにかあったと察したのだろう。

「ここへ」

レオナルドを近くに呼び寄せ、椅子を勧めた。

「申し訳ありません。急ぎお話ししたいことがございます」

できることなら人払いをとつけ加えるレオナルドに国王は目を眇める。自分によく似たアメジストの瞳をじっと見つめた後、側近たちを下がらせた。

最後のひとりが深々と頭を下げて出て行くのを見送り、レオナルドはあらためて向き直る。

「ありがとうございます」

「どうした。おまえにしては珍しい」

「あまり騒ぎにしたくないご報告が」

「グラディオのことか」

「……はい」

その一言だけでおおよその予測はついたのだろう、国王は長いため息を吐いた。

「お耳に入れるのは心苦しいのですが……」

レオナルドは声のトーンを落とし、兄の所業《しょぎょう》を語りはじめる。

これまで軍事力を笠にラーマを支配しようとしていたグラディオが、その裏で弟たちやカマルまでも一掃しようと企んでいたことを知って国王は落胆に肩を落とした。実の息子たちが決闘までしたとの事実に、面持ちは沈痛さを増すばかりだ。

「共存の大切さを教えてやれなかった私の責任だ」

深いため息が後悔を語る。

「父上……」

レオナルドは毅然と顔を上げると、励ますように張りのある声で訴えた。

「健全な同盟関係を維持するための改革が必要です」

「ラーマとのか」

「はい。そのための外交政策として、今後一切の非干渉を前提とした新しい友好条約の締結を提案してはいかがでしょう」

レオナルドの申し出に国王は唇を引き結ぶ。ヴァルニーニとラーマ、二国間にとって微妙な問題であるだけに交渉が難航することが予想された。

けれどレオナルドは「お任せください」とそれさえ請《う》け負う。

「私には懐　刀《ふところがたな》があります」

「それはどういう意味だ」

「このために、神はもうひとりの獅子を遣《つか》わしてくださいました」

「……アサドか」

「ラーマの民であるカマル様の血を引く彼なら、反発感情を持たれないでしょう。アサドはこの国の王位に就《つ》くことはない。両国に拘わる中立な人間として話をすることができます」

「確かにな……」

平和の象徴としてカマルを迎え、再建の鍵としてアサドを送る——そのことに心中複雑なものがあるのだろう。国王はじっと考えこんでいたが、しばらくすると顔を上げレオナルドに向き直った。

「わかった。おまえに任せよう」

「ありがとうございます！」

レオナルドは一礼するなり、すぐさま自室へと取って返す。我がもの顔でソファを占領していたアサドに「ラーマに行ってもらうことになった」と告げると、従者はなぜか派手に噴き出した。

「おまえな、少しは俺の都合も聞けよ！」

「悪い。だが時間がないんだ」

「わかってるって。言ってみただけだ」

アサドは大きく弾みをつけて立ち上がる。

「そんじゃ兄貴殿のゴタゴタ、ちょっと収まりつけて来ますかね」

「話が早くて助かるよ」

「誰かさんが人使いが荒いからな」

「素晴らしい対応スキルだ」

「まったく褒められてる気がしないがな」

苦笑しながら出て行くのを見送り、レオナルドはようやく息を吐く。

これでうまくいってくれればと、祈るような気持ちで窓から東の空を見上げた。


交渉が無事にまとまったとの連絡を受けたのは、それから二日後のことだった。

現地からの報告書に目を通したレオナルドは、それを持って国王の元に向かう。レオナルドの目を見ただけで言いたいことを察した国王は、あえて人払いをせずに皆の前で報告させた。

「ラーマとの新条約は無事締結の見通しとなりました。後日調印式にご出席いただきたく存じます」

「そうか。よくやってくれた」

突然のことに大臣たちは驚きを隠せない。今さらなんの条約をとそこかしこで囁きが飛び交う中、レオナルドは報告書を読み上げた。

「現地調査により、内政干渉の実態があきらかになりました。この嘆願書《たんがんしょ》はラーマからヴァルニーニに提出されたものの写しです。本来であれば昨年のうちに国王陛下の耳に入るはずだったこれら数千の嘆願が、なぜ今になって届いたのか――」

大臣たちを見回すと、その中であきらかに顔色を失っているものが数人。恐らくは彼らの所業だ。

「権力を盾にラーマを意のままに操り、反発は徹底的に隠蔽《いんぺい》する。悪《あ》しき態勢が築かれていたことは隠しようのない事実です」

あらためて浮き彫りになった第一王子の悪行に国王は力なく首をふる。息子を信じ、任せてやりたいという親心ももはや失望に押し潰《つぶ》された。

「どうか、ご決断を」

一部の大臣たちが目に見えて狼狽えはじめる。次期国王を後ろから操り、うまい汁を吸おうとグラディオ側についていた輩だ。突然後ろ盾をなくし、慌てふためく様はまるで滑稽《こっけい》だった。

保身を謀《はか》ったところで所詮は身から出た錆《さび》だ。どんなに己の正当性を主張しても、悪事に手を染めたという事実は消えはしない。

その手から権力がなくなったというだけで、蜘蛛《くも》の子を散らしたように兄のもとから人がいなくなろうとしている。脆《もろ》くも崩れゆく櫓《やぐら》にこの国の闇を見た気がして、レオナルドはそっと唇を噛んだ。


それから三日後、グラディオから軍事権が剝奪されることが正式に決まった。

すべての権利を取り上げられてもおかしくない事態ではあったが、彼の生きる目的であり、支えであった王位継承権は辛うじて剝奪を免れた。二十八の身空《みそら》で隠居は不憫《ふびん》だとの王妃の口添えもあり、当面は政治に関与しない範囲で仕事を与えられることになったようだ。

城内は一時騒然となったものの、少しずつ落ち着きを取り戻しつつある。けれど、ほっと胸を撫で下ろす暁たちとは対照的に、アマーレはひとり動揺を隠せずにいた。兄の悪行を詳しく知らされていなかったせいでショックが大きかったようだ。

俯く弟の頭をレオナルドがやさしく撫でる。

「権力は人々を守るためにある。決して苦しめるために使ってはならない。アマーレも大人になればこの言葉の意味を知ることになるよ」

「どうしてグラディオはあんなこと……」

「彼ひとりのせいじゃない。それを許してしまった私にも責任はある」

レオナルドが眉を寄せると、アマーレはぶんぶんと首をふった。

「レオナルドは悪くない。じゃなきゃアサドが従うわけないもん」

今回の強行策が成功したのはひとえに信頼の賜《たまもの》だ。アサドがいなければここまでスピーディに解決させられなかっただろうし、グラディオの処分を後押しするのも難しかっただろう。

「レオナルドが悪いなら、アサドも悪いってことになるよ」

「俺まで巻き添えにすんな」

アサドが髪を掻き上げながら面倒くさそうに眉を顰める。

「だったらアサドからも一言言ってよ」

「雨降って地固まるってやつだろ。俺たちの役目はいつだって国を支えることだ。なぁ、レオナルド」

「あぁ、そうだな」

「なんだよ、ふたりでわかった顔してっ」

「おまえも少しは理解しろよ」

兄ふたりがくすくす笑うのを見上げながら末っ子はひとり頬を膨らます。どうしても納得がいかないのか、アマーレはしつこく食い下がった。

「だったらいっそ、レオナルドが王位を継げばいいのに」

それに横槍《よこやり》を入れたのはなぜかアサドだ。

「次期国王の従者なんて大変に決まってんだろ。俺には諸国放浪って野望がある。レオナルドには身軽でいてもらわないと困るんだ」

「なんだそりゃ」

なんとも不遜《ふそん》な理由に暁はレオナルドと顔を見合わせる。

そんなふたりを横目で見ながら、アサドは訳知り顔でニヤリと笑った。

「それにな、レオナルドが王位を継いだら泣く人間が出るんだぜ？」

「え？」

「男同士じゃ世継ぎは作れないもんなぁ？」

「……！」

意味深な眼差しに絶句する。アサドはなにもかもお見通しだということをすっかり忘れていた。

暁はレオナルドとアサドを交互に見遣る。恋人はやれやれと肩を竦め、一方の従者は楽しくてしかたないとばかりに笑みを濃くした。

またも置いてきぼりをくったのはアマーレだ。しばらくキョトンとしていたが、ようやく合点《がてん》がいったのか、見る見るうちに頰を染めた。

「そ、そ、そういうこと？」

「ごめん、アマーレ。実は……」

「愛する人をしあわせにしたいんだ。許してくれ」

レオナルドがきっぱりと告げる。

アマーレは出会ってから一番驚いた顔をしてふたりを交互に見、神妙にこくりと頷いた。

「アマーレ」

暁は両手を広げ、感謝の気持ちをこめて抱き締める。

「許してくれてありがとう」

くるくるの巻き毛に頰を埋めると、アマーレは我に返ったように暴れ出した。

「なに、なんなのもう。ていうか、人のこと羨ましいとか言っといて……っ」

「うん、ほんとだね。ごめんね」

一緒に折り鶴を折った時のことが懐かしく思い出される。「これでも気にしてたんだからねっ」と喚《わめ》くアマーレの髪を感謝をこめて何度も梳いた。

「ありがとう、アマーレ」

「しあわせにならなかったら蹴っ飛ばすんだから」

「うん。わかった」

誓うように額にキスを落とし、もう一度「ありがとう」と告げる。これから先も、同じ悩みを共有し合えるであろうアマーレに祝福してもらえたことがうれしかった。

暁は続いてアサドにも感謝の抱擁をする。

「見守っていてくれてありがとう」

「レオナルドは一度気に入るとしつこいからな。気をつけろよ」

「……………そうなの？」

「なに想像したらそんな顔になるんだよ、ばか」

ぐしゃぐしゃに髪を掻き混ぜられ、文句を盛大に笑い飛ばされる。彼なりに受け入れてくれたということだろう。

最後にレオナルドに向き合い、どちらからともなく腕を伸ばす。アサドたちが見ている前でこうして抱き合えるようになったのだと思うと感慨深いものがあった。

「アキが来てくれて、この国は変わった」

「そんな、俺はなにも……」

その言葉にすかさずレオナルドが首をふる。

アサドも横で太鼓判を押した。

「なんだかんだで新陳代謝《しんちんたいしゃ》が図《はか》れたことは事実だぜ」

ラーマとの関係は改善され、城内の悪しき風習も一掃できた。長い年月が生んだグラディオとの確執は解消までにまだまだ時間を要するだろうけれど、新しい体制で仕事をするうちに彼の考えもいい方へと変わっていくだろう。

自分の力など微々たるものだ。けれど、少しでもレオナルドの役に立ちたい、ヴァルニーニを思う気持ちを形にしたいと思っていた暁にとって、小さなきっかけにでもなれたのなら充分だ。

「俺、ヴァルニーニのためになれたかな」

「もちろんだ。これからも、私たちとともに支えてくれるか」

強く、深みのある美しいテナー。それに誓うように暁は力強く頷いた。

「俺でよければ、喜んで」

期待してもらえることを誇らしく思う分だけ、応えられるだろうかとの不安はつき纏う。それが顔に出ていたのだろう、レオナルドは安心させるように暁をぎゅっと抱き締めた。

「大丈夫。きっとうまくいく」

アサドたちもすかさず口を挟む。

「俺がいるからなんとかなるだろ」

「今度こそ、僕を仲間に入れないと怒るんだからね」

一瞬ポカンとした暁は、あいかわらずな面々におかしくなって噴き出した。

明るい笑い声がホールに響く。

それはいつしか四重奏となって周囲を賑やかに彩るのだった。

＊

夏も盛りを過ぎたというのにいまだ蝉《せみ》の声が囂《かまびす》しい。

ヴァルニーニから帰国して一ヶ月、後期日程に突入した大学の講義室で暁は小さなため息を吐いた。

講義に集中しようとしても頭を過ぎるのはレオナルドのことばかりだ。どんなに遠く離れていても、目を閉じればすぐそこにいるように鮮やかに思い描くことができた。

国を発《た》つ日のことを今でもはっきりと覚えている。

記憶に刻みつけるように片時も目を離さなかったレオナルド、軽口を叩きながらも眉間に皺を寄せていたアサド、半分怒ったような顔で目を真っ赤にしていたアマーレ。国王や王妃、使用人に至るまで皆が口々に別れを惜しんでくれた。濃密な繋がりを持った人々の元を去ることは身を切られるように辛く、あらためて自分にとってどれだけ大切なものだったのかを実感した。だからこそ再訪を誓ったのだ。

——大学を卒業したら戻って来ます。そしてこの国を、自分の第二の故郷にします。

そう宣言した時の皆の顔が忘れられない。

そんな大きな決断を簡単に下してしまっていいのかと国王たちは心配そうな顔をした。けれど暁は恋人を見上げ、なにも恐れることはないのだと確信する。自分の隣にレオナルドがいて、レオナルドの隣に自分がいられるなら、それ以上望むものはなにもないのだから。

こんなふうに、誰かを想う日が来るなんて……。

レオナルドにもらったペンダントを服の上からそっと押さえる。あの日、彼に出会ったことで自分の人生は大きく変わった。愛し合うことの喜びも、切なさも、全部レオナルドが教えてくれた。かけがえのない存在になってくれた。

レオ……。

心の中で愛しい名を呼ぶ。

この想いがふたりを繋ぐと信じている。だから残り一年半、大学でやるべきことを全力でやろう。それが一度離れてでも、互いを育てるために必要なことだと言ってくれたレオナルドの誠意に応えることになる。

授業が終わり、荷物をまとめて講義室を出る。友人たちと別れてひとり正門を潜《くぐ》った時だ。

「アキ！」

覚えのある甘い声。驚いてそちらを見ると、あろうことか、ついさっきまで瞼の裏に描いていた人物が立っていた。

一瞬、夢かもしれないと目を擦る。ボタンダウンのシャツにスラックスというラフな出《い》で立ちではあるものの、整った顔立ちも、スモークがかった金髪も、そしてなにより雄弁に語るアメジストの瞳がレオナルド本人だと証明していた。

頭の中が真っ白になってしまって声が出ない。久しぶりに会えてうれしい反面、一層磨きのかかった美貌に見とれてしまい、なにを話していいかわからないのだ。こんなことを言ったらレオナルドは笑うだろうけれど。

「ど、どうして……」

喉に引っかかった言葉をようやく吐き出す。

レオナルドは大仰《おおぎょう》に左胸に手を当て、恭しく一礼した。

「大切なフィアンセのご機嫌を伺いに」

それがまた厭味なほどよく似合う。思わずポカンと口を開けた暁は、じわじわとこみ上げる羞恥《しゅうち》に頬を染めた。

「フィアンセ……」

「おや、つれないな。あの夜のことをまさか忘れたなんて言わないだろう？」

「レ、レオ！」

「今ここで思い出すのを手伝おうか？」

「結構ですっ」

慌てて首をふりながら、ふと、こんなふうにからかわれるのも久しぶりなんだなと気づく。それがうれしくて、同時に自分の重症ぶりがおかしくなってしまい、結局は声を立てて笑った。

「それより本当にどうしたの、急に」

見たところプライベートのようだし、アサドの姿も見当たらない。「また抜け出したんじゃ……」

と疑いの眼差しを向ける暁に、レオナルドは苦笑しながら肩を竦めた。

「アサドにはちゃんと言ってある」

「ほんとに？」

「あぁ。今回も公務なんだ。ギリギリまで調整したおかげでスケジュールを一日空けられたから、顔を見たくて来たんだよ」

「相当ぶつくさ言われたけどな。アキによろしくと言っていた」

「……それ、アサドが奔走したって意味だよね？」

「かわいそうに……」

渋面《しぶづら》のアサドが目に浮かぶ。まったくこの王子様ときたら、時々とんでもないわがままを言い出す。

「それならそれで、電話してくれたら迎えに行ったのに」

「アキを驚かせたかったんだ」

悪戯っぽいウィンクさえ似合ってしまうから困るのだ。

「おかげでかわいい顔が見られた」

「もう。一国の王子様がホイホイと……」

「アキまでアサドみたいなこと言わないでくれ」

「その顔、はじめて会った時にもしてたよね」

後でお小言《こごと》を言われるぞと脅す自分に、レオナルドは顔を顰めていたっけ。思い出し笑いをしていると、レオナルドにグイと肩を引かれた。

「それよりデートに誘いたい。花束もプレゼントもなくて申し訳ないが」

「うん？」

「まずは一緒にアキの家に帰ろう。それからアサドが迎えに来るまでふたりで過ごす。いいね？」

それをデートと言うのだろうか。

思わず噴き出す暁に、レオナルドは大真面目に頷いた。

「一秒だって無駄にしたくない。今すぐ愛を確かめたいくらいだ」

「それはさすがに我慢してもらわないと」

「アキは待ち切れなくないのか？」

「………そんなわけないでしょ」

自分でもわかるくらい頰が熱い。ごまかすように先に立って歩きはじめると、レオナルドもくすくす笑いながらすぐ後ろをついて来た。

通い慣れた通学路なのに、隣に恋人がいるだけで違って見えるから不思議だ。そういえばこの辺りで出会ったんだっけと思い返していると、レオナルドも同じことを考えていたのか、懐かしそうに周囲を見回した。

「ここでアキに助けてもらったんだったな」

「そう。追っ手に追われてるなんて言うから心配したのに、公務サボって散歩してたのを連れ戻されそうになったって話だよね？」

「細かいことは忘れたなぁ」

レオナルドがわざとらしく肩を竦める。脇腹を小突いてみたものの、結局はさらりと煙《けむ》に巻かれた。

「私にとっては運命の場所だ」

「そうだね。こんなところで出会ったんだもんね」

「また一緒に来られてよかった」

顔を見合わせて微笑み合う。

「次はヴァルニーニの思い出の場所を回りたいな」

「いくらでも行けるさ。一年半なんてあっという間だ」

そう言うなり、レオナルドは狭い路地に暁を引っ張りこんだ。その目が「もう待てない」と語っている。

「まったく、わがままなんだから」

苦笑とともに目を閉じると、すかさず触れるだけのキスが落とされた。

あたたかく、やわらかく、そしてすべてを包みこむもの。レオナルドに触れられたところから甘い熱が広がり身体中を満たしてゆく。胸が一杯になってしまい、何度も何度も際限なく求めた。

「レオ……会いたかった……」

胸に顔を埋め、懐かしい香りに包まれる。

「それは私の台詞だよ」

髪に頬にキスの雨を降らせながらレオナルドも笑った。その彼が、不意に「そうだ」と身体を離す。

その目はいいことを思いついたと言わんばかりにキラキラと輝いていた。

「久しぶりに、アキの手料理が食べたい」

「それはいいけど……簡単なものしかできないよ？　前みたいな」

「アキが作ってくれるならなんでもうれしい。私も手伝おう」

任せておけと請け負ってくれるのは心強いのだけれど、あの狭いキッチンで人参《にんじん》の皮を剝いている
レオナルドなんて想像できない。彼ならむしろパリッとしたコックコートを着て、優雅にフレンチの
盛りつけをしている方がしっくりきそうだ。けれど本人はなんの頓着《とんちゃく》もなく「楽しみだな」なんて笑
うから、なんだか力が抜けてしまった。

「アキのことをもっと知りたいんだよ」

急に真面目になったレオナルドにドキッとする。

「アキを想う気持ちは日々強くなる。際限なく惹かれていく。私を喜ばせるのも、勇気づけるのも、
アキでなければだめなんだ」

「レオ……」

甘く痛む胸を服の上から押さえると、レオナルドはなぜか困ったように笑った。

「そんな顔をされると我慢できなくなるな」

「え？」

「食事の後にお互いをもっと深く知ろうと思っていたんだが……順番が逆になりそうだ」

すぐに欲しい。

「……っ」

低音の美声に耳元で囁かれ、理性などたちまちぐずぐずになる。レオナルドはそんな恋人の反応を愛《め》でるように、目で「嫌か？」と問いかけてきた。答えなんてわかっているくせに――嫌じゃないから困るのだ。

「俺の台詞、取らないでよね」

悔し紛れにそう言ってやると、レオナルドは一瞬目を瞠り、それから見事に噴き出した。

「アキ、最高だ」

気持ちいいくらい笑う恋人を見ているうちに、暁もついつい それにつられる。

「こんなこと言うのはレオにだけなんだからね」

「光栄だな」

唇に小さなキスが降る。すぐにそれでは足りなくなって、もっとと言う代わりにシャツを掴んだ。

「愛してるよ、アキ」

「俺も……愛してる」

見上げたアメジストの瞳が甘やかに誘惑する。

しあわせを分かち合うように、ふたりはやさしいキスに瞼を閉じた。

オニキスの愛しい誓い

窓を開けた途端、しっとりとした夏の夜風が吹きこんで来る。庭の剪定《せんてい》を終えたばかりだからか、どこか懐かしい草の香りに暁はそっと目を細めた。

グラディオの一件を発端に、ヴァルニーニは新しく生まれ変わろうとしている。それをこの目で見られる喜びとは裏腹に、暁《あかつき》の心には小さな影が生まれつつあった。

あと数日で、この国を離れなければならない。

もともとが大学の夏休みを利用した旅行だった。後期日程に間に合うように帰るには、どんなに滞在を引き延ばしたとしてもあと一週間が限度だ。もちろん、大学卒業と同時にこの国に戻ることには変わりない。だからこれは一年半だけのほんの短いお別れなのだ。

「……それでも、寂しいな」

ポツリと呟《つぶや》きながら綺麗《きれい》に整えられた庭を見下ろす。この景色を眺《なが》められるのもあとわずかだと思うと、足元がふわりと浮くような、どうしようもない切なさがこみ上げた。

「だめだめ。そうじゃない」

暁は頭をふって塞《ふさ》ぎがちな気分を追い出す。そっと胸元に手をやり、Tシャツの上からペンダントを押さえた。

離れたくないと思っているのは自分だけじゃない。残された時間を惜しんでいるのは自分だけではないのだ。ならばせめて笑っていよう。ふたりの時間を宝物にしよう。またここで会えるまで最上の自分を覚えておいてもらえるように——。

そんなことを考えていると、背後で控え目なノックが聞こえた。レオナルドかもしれない。ここのところ公務で忙しいらしく、夕食後もなかなか話す時間が取れないでいたから。

急いでドアを開けると案の定、スーツを纏《まと》った恋人が立っていた。

「アキ、会いたかった」

「わっ」

まだドアを開けたままだというのに、我慢できないといわんばかりに腕の中に閉じこめられる。誰かに見られでもしたらと焦《あせ》る暁をよそに顔中にキスの雨を降らせたレオナルドは、そのまま部屋に押し入り後ろ手に扉を閉めた。

「だめだ。こうも会える時間が少ないと、アキ欠乏症になりそうだ……」

「もう、なにそれ」

真剣な顔で訴えるのに思わず苦笑が漏《も》れる。「俺が帰った後はどうするの」と軽い口調で言ってしまってから胸がチクリと痛んだが、レオナルドはそれさえ蕩《とろ》かすほどの甘い笑みで真っ赤な薔薇《ばら》を差し出した。

「だからなんとか時間を作った。今夜は、アキをデートに誘いに来たんだよ」

「デート？」

色っぽい眼差しにドキッとしつつ、薔薇を受け取る。申しこみ承諾の合図に満面の笑みを浮かべながら、レオナルドはふたりがけのソファへ暁を促《うなが》した。

「これまであちこち案内したが、まだ連れて行っていないところがあるのを思い出したんだ」

「そんなとこあったっけ？」

アサドと先を争うようにして挙げてもらった場所にはほとんど行ったように思う。革命広場でしょ、サン・バティスタ教会でしょ、美術館にも行ったしねと指折り数えていると、レオナルドは待ち切れないと肩に手をかけた。

「アキを紺碧《こんぺき》の海に招待したい」

「あ！」

アドリア海のことだ。

「でも、どうやって……？」

「私のクルーザーで、ふたりきりのクルージングというのはどうだろう？」

「す、すごいね。王子様ってそんなものまで持ってるんだ」

「税金で買ったものじゃない。仕事の報酬として与えられた対価で、個人的に購入したものだよ」

「でも、操縦は？」

「ライセンスなら持っている。誰にも邪魔されたくないからな」

口端を持ち上げながらウィンクをひとつ。たちまち甘い空気を纏ったレオナルドに思わず見とれてしまい、みるみる頰《ほお》が熱くなるのが自分でもわかった。

「どう？　アキ、返事は？」

「行かないって言ってもいいの？」

「嘆《なげ》いた私を海の藻屑《もくず》にしたいのか？」

照れ隠しにからかった途端、レオナルドはさも悲しそうに首をふってみせる。大袈裟な身ぶりがおかしくて、暁はついつい噴き出した。

「そんなことするわけないでしょ。レオと一緒なら俺はどこだって行きたいよ」

「私もだ。愛してるよ、アキ」

今度は掬《すく》うように唇を食《は》まれ、やさしいキスにうっとりとなる。このままずっとこうしていたかったけれど、名残を惜しむように身体を離すレオナルドに続いて腰を上げた。

「すまない、これからまた仕事があるんだ。明日の朝また迎えに来るから、一泊できる準備だけしておいてくれ」

「うん、ありがとう。楽しみにしてる」

「じゃあ、少し早いけど、おやすみ」

ちゅっと音を立てて頬にキスを落とされ、恋人を見送る。

浮かれるあまり無意識にゆるんでしまう頬を押さえながら、暁はいそいそと小さなリュックに荷物を詰めはじめるのだった。


「う、わぁ……！」

翌朝港に着くなり、暁は感嘆のため息を漏らした。

どこまでも続く紺碧の海は日本では見たこともないようなコバルトブルーだ。降り注ぐ太陽に水面はキラキラと輝き、抜けるような青空が美しく映《は》えた。

どれだけ見ていても飽きることがない。その場から動けなくなった恋人に苦笑しながらレオナルドはそっと肩を叩いた。

「こんなところで満足するのはまだ早いよ」

指差された先には一艘のクルーザーが停まっている。一目で新しいとわかる真っ白なボディ、流麗なラインを描く堂々とした姿に暁は目を輝かせた。

「綺麗……。あれがレオの船なんだね」

「この旅で処女航海を務める、アルバ号だ」

「アルバってどういう意味があるの？」

なにげなく訊ねると、レオナルドは楽しそうに笑みを浮かべる。

「なにより愛しい人の名を、母国語でね」

「え？」

「『暁』という意味だよ」

耳元で囁かれた途端、頬がほんのりとあたたかくなる。こんな素敵な船に自分の名をつけてくれたのかと思うとうれしくて頬がゆるんだ。

「……レオは、俺を喜ばせるのがうまいなぁ」

「ふふ。さぁ、乗りこもう。足元に気をつけて」

レオナルドに手を取られ、慎重に足を踏み出す。甲板に渡った途端、ゆらりと揺れる船体にたちまち胸が高鳴った。

まずは船の天辺へと案内される。

これまでこういったものに縁がなく知らなかったけれど、クルーザーには船内だけでなく、デッキの上でも操縦できるタイプがあるらしい。「天気のいい日は外で舵を切りたくなるだろう？」とレオナルドに言われてその発想に思わず唸《うな》ってしまった。

けれど実際に、フライブリッジデッキに上がるなり合点がいく。

「確かに、一理あるかも……」

眼下に広がるのはコバルトブルーの大パノラマだ。屋根の上の特等席とばかりに設《しつら》えられたデッキからはアドリア海を三六〇度見渡すことができた。ここで風を感じながら操縦できたらさぞや気持ちいいに違いない。

そんな暁の気持ちを読んだのか、レオナルドは艶《つや》のある木製のハンドルを指差した。

「気分だけでもやってみるか？」

「俺が握ってもいいの？」

「あぁ。発進前だから心配ないよ」

やり方を教わりながらいそいそとハンドルを握る。まだエンジンも動いていないのに、それだけで自分が船長になった気がして子供のように胸が躍《おど》った。

「アキ、下にも行こう。まだまだ見せたいものがあるんだ」

レオナルドに促され、船尾の螺旋階段を降りる。今度はどんなものがあるのだろうとわくわくしながら船内に足を踏み入れた暁は、目の前に現れた豪華なメインサロンに思わずポカンと口を開けた。

「すごい。嘘《うそ》みたい……」

壁には造りつけのソファがぐるりと設えられ、手触りのよさそうなクッションがいくつも並んでいる。大きな窓から燦々《さんさん》と降り注ぐ太陽は飴色の床を美しく光らせ、上質な中にも開放的な空気を醸《かも》していた。

サロンの奥に続く広々としたギャレーキッチン、シャワールームに至るまで船内は美しく磨かれたマホガニーで統一され、優雅でありながらどこかあたたかみを感じさせる。ここが船の中だなんてとても思えない。どこかのホテルにでもいるみたいだと感嘆のため息を吐くと、レオナルドはやわらかに相好を崩した。

「気に入った？」

「うん、すごく」

「それはよかった。アキと一緒にクルーズしたいと思って取り寄せたんだ。わがままを言ったから多少時間もかかったが、間に合ってよかった」

「……もしかして、このために買ったの？」

レオナルドは答える代わりに肩を小さく竦《すく》めてみせる。自分との思い出をひとつでも多く作ろうとしてくれる恋人に、堪《たま》らなくなって暁は思い切り抱きついた。

「ありがとう、レオ。うれしい」

「私もアキが喜んでくれてうれしいよ。……おいで。最後にとっておきの場所に案内しよう」

恋人は意味深に唇を持ち上げる。

連れて行かれたベッドルームのドアが開くなり、暁は思わず目を疑った。

「……これ、ほんとに船!?」

テレビで見たことのある船の寝室といえば、シングルベッドよりさらに幅の狭い薄板に辛うじて身体を横たえるイメージだった。それなのに目の前の光景ときたらどうだ。幾重にもシルクのドレープがかかったダブルサイズのベッドがドンと据《す》えられているなんて。

息を呑《の》む暁を唆《そそのか》すようにレオナルドが肩を引き寄せる。

「私たちが愛を確かめ合う場所だ。大切にしてもおかしくないだろう?」

耳元でしっとりと囁かれ、不覚にも身体の芯が熱くなる。こんなふうにいとも容易《たやす》く熱を上げてしまうのは身も心もレオナルドに囚われているせいだ。

無意識のうちに潤んだ目で見上げると、恋人は「色っぽいな」と満足気に笑った。

「そんな顔を独り占めできるなんて光栄だ。くれぐれも、他の男には見せないように」

「なに…、んん……っ」

言い返そうとした言葉さえ、あっという間にキスに呑みこまれる。何度か啄《ついば》むようなキスをくり返した後、悪戯《いたずら》な歯が軽く下唇を食んで離れて行った。最近レオナルドが好むキスだ。彼に甘く歯を立てられるたびぞくぞくしたものが背筋を伝い、どうしようもない気持ちになってしまう。

「大丈夫か?」

からかうように覗《のぞ》きこまれ、顔が真っ赤になるのが自分でもわかる。

「も、もう。早く行こう」

レオナルドの腕を取り引っ張ると、恋人は後ろで堪え切れずに噴き出した。

軽やかな笑い声を聞くうちに、それさえも甘い媚薬《びやく》となって暁の心を擽《くすぐ》ってゆく。自分は今この上なく幸福なんだと実感せずにはいられなかった。

ブリッジに入ったレオナルドは表情を一変、次々に計器を立ち上げ出航の準備を整える。その一部始終を記憶に残しておきたくて、「景色を見ていていいんだぞ」という言葉に首をふった。

レオナルドは真っ白なシャツの胸ポケットからサングラスを取り出す。綺麗なアメジストの瞳が隠れてしまうのは少し残念だったけれど、滅多に見ることのできないサングラス姿が新鮮で、やはり景色を眺めるのはもったいないと暁は心の中で肩を竦めた。

そうしている間にもクルーザーはモーター音を響かせ、ゆっくりと波を割って進みはじめる。ぐんぐんとスピードを上げたふたりの船はあっという間に岸から遠ざかった。

打ち寄せる波に船体が上下するだけでもわくわくして堪《たま》らない。そう言うと、レオナルドはうれしそうに口端を上げてみせた。サングラスのせいだろうか、そんな仕草がひどく大人びて見える。こっそりと咽喉《いんこう》を下げたつもりだったのに、それに気づいた恋人はますます笑みを濃くした。

「アキをもっと驚かせてあげよう」

船は更に加速し、まるで水面を撫でるように滑走して行く。舳先に舞い上がる真っ白な波飛沫《しぶき》に太陽が反射し、キラキラと光り輝いた。

沖に出て少し経った頃だろうか。船のほぼ真横に海鳥の群れを見つけた暁は、途端にそわそわと落ち着きをなくした。鳥たちが盛んに水面アタックをくり返しているということは、そこに魚が集まっているのかもしれない。

「見に行こう、レオ」

「あぁ、そんなにはしゃぐと転ぶぞ」

クルーザーを停めてもらい、大急ぎでアフトデッキに駆け出す。手摺《す》りから身を乗り出すなり波間から銀色に閃く魚影が見えた。

「わぁ…っ」

その一団に向かって急降下をくり返す海鳥、跳ねる水飛沫。ひらりひらりと身をかわす魚たちはまるで銀色の柳刃のようだ。それを掬い上げるようにして、一羽の海鳥が獲物を捕らえた。

「捕まえた！」

迫力のある光景を間近にし、ついつい興奮して身を乗り出す。

「見て見て、レオ。ほら……」

恋人をふり返ろうとした瞬間、手摺りにかけていた手が滑った。

「わっ！」

「お、…っと」

海に向かって傾いだ身体を力一杯引き戻される。そのまま逞《たくま》しい胸に抱き締められ、子供を宥《なだ》めるようにポンポンと背を叩かれた。

「楽しんでくれるのはいいが、これでは私の方がドキドキしてしまうな」

「ごめんごめん。今のはちょっと危なかったね」

顔を見合わせ、どちらからともなくぷっと噴き出す。至近距離で向き合うと黒いフィルター越しにも綺麗な瞳が透けて見える。それに見とれているうちに、レオナルドが軽く触れるだけのキスを額に落とした。

恋人の胸に頭を預けながら目を閉じる。しあわせな気持ちを分かち合うように、レオナルドは暁の髪に何度もやさしいキスをくれた。

しあわせ、だなぁ……。

ゆらゆらと揺れる船の上でふたりきりの甘い時間。

城の中もヴァルニーニの街も、レオナルドと一緒にいられるならどこだって素敵な場所に思える。けれど誰の目も気にしなくていい船上はなんて開放的なんだろう。ここにあるのはどこまでも続く真っ青な空とコバルトブルーの海原だけだ。気持ちのいい風に吹かれるたび、ここ数日胸に蟠《わだかま》っていた悩みも薄れてゆくのがわかった。

――あと数日しかない、なんて。

考えてもしかたがないんだ。どんなに怯えて過ごしたってその日は必ずやって来るし、別れの朝もふたりで乗り越えなければならない。

けれど、それがあるからこそ、自分はもう一度ここに戻って来る喜びを身をもって知ることになるだろう。その日が近づいたと思えばいい。今はただ、同じ気持ちを嚙《か》み締めることの喜びを心から感謝して過ごしたい。

「レオ、大好き」

つま先立ちになり、目を閉じる。

急に抱きついたにも拘《かか》わらずしっかりと受け止めてくれた恋人は、うれしそうに笑いながら二度目のキスをねだるのだった。

日のあるうちは島々を巡り、トラットリアで食事を楽しむ。クルージングに疲れれば冷たいものを片手にのんびりと波に揺られた。レオナルドといるだけでいつも時間はすぐ過ぎるように感じるけれど、今日は特にあっという間だ。夢のようなひとときに日常を忘れた。

美しい夕焼けを堪能した後は、クルーザーをマリーナに繋《つな》いで停泊する。こんなふうに船の中で眠るのもはじめての経験だ。

潮風をシャワーで流し終えた暁は、白いバスローブを纏ったままフライブリッジデッキに上がる。この格好で船内を歩き回ることにやや抵抗もあったのだけれど、「ここにいるのは私たちだけだよ」と恋人に甘く唆され、つい承諾してしまった。

おかげで、襟や袖の隙間から無遠慮な夜風が入りこんで来る。けれどそれが火照《ほて》った肌に心地よく、洗い髪を靡《なび》かせながら暁は対岸の景色に目を向けた。

遠くに見えるのはヴァルニーニだろう。いくつものオレンジの灯りが水面に映り、幻想的な世界を作り出していた。

「綺麗だなぁ……」

慣れ親しんだ場所も、外側からではまた印象が違って見える。ライトアップされた砲台に、かつてこの国が辿った歴史を思い出しながら暁は静かに闇を見つめた。

このすべてを覚えておきたい、そんな思いで目を凝らす。波のひとつひとつ、光の一欠片《ひとかけら》さえ忘れたくないと願った。

「ここにいたのか」

不意に、後ろからふわりと包みこまれる。

「レオ」

「身体が冷えてしまう。こっちにおいで」

抱き締められると、レオナルドからもほのかにボディソープのいい匂いがした。

「ヴァルニーニを見ていたのか」

「全部覚えておきたくて。レオの大切な故郷だから」

そう言うと、慈しむようにキスが落とされる。レオナルドは目を細めながらまっすぐに暁を見下ろした。

「それを言うなら、私たちの、だ」

「レオ……」

「ずっと一緒にいてくれるんだろう？」

暗闇の中、やわらかに微笑むアメジストの瞳。それを見上げているうちに胸がジンと熱くなってしまい、暁は自分を落ち着かせるようにそっと胸元に手をやった。

指先がコツンとペンダントに触れる。縋るように握り締めると、レオナルドはその上からそっと手の甲にくちづけた。

「愛してるよ、アキ」

まるで誓いのキスだ。永遠の愛を約束するようにまっすぐに見つめて来る恋人に、胸が一杯で目を伏せた。

「……レオは、俺をうれしがらせてばっかりだ」

この心も、この身体もすべて彼のものだ。魂を半分預かった時から自分が帰る場所はここしかない。

「しあわせ過ぎちゃって、もう、どうしたらいいんだろうね？」

困り顔で笑いながら見上げると、レオナルドも眉を下げてそれに応えた。

「アキの笑顔には敵わないな。甘くて、溶けてしまいそうだ」

「レオ」

「そんなかわいい顔をされると、今すぐここで愛を確かめてしまいたくなるよ」

「え？　え？」

音を立ててキスをされ、思わずわたわたと腕の中から逃げを打つ。それを余裕たっぷりに見下ろしながらレオナルドは楽しそうにくすりと笑った。

「私から最後のプレゼントがあるんだ。一緒に来てくれ」

肩を抱かれ、そのまま寝室へと連れて行かれる。ドアが開くなり暁は思わず目を丸くした。

「……凄い…………」

ベッドの上には咲き零れんばかりに真っ赤な薔薇が散らされている。シルクのシーツを泳ぐベルベッドのような花びらは眩暈《めまい》を覚えるほどに美しく、ひどく官能的だった。

「最高の夜になるようにね」

噎《む》せ返るほどの花の香りに包まれる。こちらを見下ろすレオナルドの瞳には、匂い立つような雄《おす》の色香が漂っていた。

今から、レオとひとつになるんだ……。

そう思っただけでドキドキが止まらなくなる。いつもはおだやかな恋人が見せる夜の顔にどうしようもなく煽られた。

「レオ……」

譫言《うわごと》のように名前を呼ぶ。ごくりと大きく上下する喉仏を見て、恋人はふっと目を細めた。

「待ち切れない？」

かわいいよ、と低い声が耳を擽る。

「な、…ん……っ」

軽く啄むようなキスが落とされる。砂糖菓子を味わうように唇を舌で舐《な》め辿り、時折歯先で甘噛みされると、それだけでジンジンとした疼《うず》きが熱となって身体を巡った。

キスだけで重ったるい熱が下肢へと這《は》う。早くも兆しはじめてしまったのを隠そうと身を捩《よじ》ると、それを目敏く見つけたレオナルドが色っぽく口端を上げた。

「ベッドに行った方がよさそうだな」

すっと腰を撫でられ、必死に嬌声を噛み締める。けれど我慢すればするほど己の意志とは無関係に芯は熱を孕んでいった。

ベッドの端に腰かけさせられ、そのままゆっくりと押し倒される。弾みで薔薇の花びらが舞い上がり、純白のバスローブを纏った暁を花嫁のように飾り立てた。

「綺麗だよ……」

レオナルドの手がゆっくりと帯を解いてゆく。左右にはだけられ、彼の眼前にすべてを晒した。

「あぁ、生まれたままの姿で花の中に横たわるアキは、なんて素敵なんだろう」

頭上からうっとりとため息が零れ落ちる。覆い被さって来たレオナルドに首筋にキスを埋められ、その濡れた感触にぞくぞくとしたものが這い上がった。

「……ん、…ぁっ」

堪え切れず、ねだるような声が鼻から抜ける。レオナルドは耳元で含み笑うと、ことさら時間をかけてやわやわと耳朶《じだ》を食んだ。

「ほら、そんなかわいい声で私を誘惑する。聞いているだけでも堪らないな」

「レオ、…ぁ、ん……っ」

レオナルドの手が大胆に脇腹を撫で上げ、赤く立ち上がった胸の突起に触れる。その途端ビリッと電気が走ったように鋭い快感が突き抜け、猥《みだ》りがわしく腰が揺れた。

「や、やだ。俺、なんか……」

「恥ずかしがらなくていい。素直なアキをもっと見たい」

「でも……」

「大丈夫、ここにいるのは私たちだけだ。アドリアの海に包まれて私たちはひとつになるんだよ」

情愛を注ぎこむように唇が重なる。何度も捏《こ》ねられるうちに舌は痺《しび》れ、口端からも呑みこみ損ねた唾液が伝う。それでも感じるのは苦しさより、ひとつになれることの喜びだった。

頭の中がふわふわするのは揺れている船のせいなのか、それともレオナルドに酔わされているのか、もうわからない。そう言うと、恋人は艶然と微笑んだ。

「私もだ。私もアキに酔わされて、もう止まらなくなりそうだ」

今夜はずっと抱いていたい――そんな直截な言葉にさえ、いやおうなしに煽《あお》られる。大きな手に快感を暴き出され、もがくたび、アメジストの瞳は「もっと乱れてごらん」と唆した。

「あ、……ん、んっ」

大きな手が胸をやさしく撫でたかと思うと、今度は敏感な先端をくびり出すように摘まれる。指の先で弾かれた途端、暁の口からは堪えようもない声が漏れた。

「や、それ……だめ……」

このままじゃ我慢できなくなってしまう。

甘い責め苦に懊悩《おうのう》する暁を見下ろし、レオナルドが愛しくて堪らないと目を細める。

「あぁ、これじゃ辛そうだな」

すっかり勃ち上がった花芯に手を添えられ、それだけで先走りを零してしまった。

「だめ、……俺だけ、なのは……」

必死に首をふってそれ以上の快楽を押し退ける。先に一度吐き出させようとするレオナルドを制し、震える手でバスローブの前を開いた。

その途端、レオナルドの精悍《せいかん》な肉体が露わになる。鍛えられた上半身から引き締まったウエストへと流れるようなラインを目で追った暁は、中心で硬く反り返る欲望の証に喉を鳴らした。

「随分積極的だな？」

恋人が低く笑いながら頬を撫でる。それに勇気づけられるように、暁は思い切ってレオナルド自身へと手を伸ばした。

「レオも、一緒に……」

「アキ？」

「俺だけじゃなくて、レオも……」

一緒に気持ちよくなりたいのだと伝えると、レオナルドは心得たようにひとつ頷く。

「それなら、こうしよう」

「え？　…あっ」

レオナルドは素早くバスローブを脱ぎ捨て、暁の足の間に身体を割りこませる。互いの雄芯を束ねられた途端、熱く脈打つ相手に羞恥《しゅうち》も忘れて煽られた。

ほんの少し身体を揺さぶられただけでも先走りがあふれ、互いにぬるぬると絡《から》みつく。それを潤滑剤のように何度も芯に塗りこめられ、はじめての感覚に腰が戦慄《わなな》いた。

こんな愛し方があるなんて……。

身体を繋げる前からレオナルドを自身で直に感じ、直接的な刺激に鼓動が高まる。先端の括れを張り出したもので擦られるたびに気持ちよくてどうにかなってしまいそうだった。波間に揺れる木の葉のようにもはや自分で自分をコントロールできない。ただ熱に浮かされ、衝動に突き動かされるままレオナルドの手にすべてを委ねた。

「レオ、も……、俺……っ」

あっという間に高みに押し上げられる。

「あ、ぁ……、レオ、レオ……っ」

「アキ……」

逞しい腕に縋りながら暁が劣情を散らす。ほぼ同時に下腹に熱い飛沫がかかり、レオナルドも達したことを知った。

室内に荒い呼吸が響く。痺れるような余韻の中、汗で貼りついた前髪を掻き上げながら恋人が気遣わしげに顔を覗きこんだ。

「大丈夫か」

「……ん」

重く貼りつく瞼をなんとか持ち上げ、笑ってみせる。それを見たレオナルドはほっとしたように息を吐いた。

「かわいかったよ」

ちゅ、ちゅ、とキスの雨を降らせながらレオナルドが甘く囁く。それがいつしか情熱的なキスとなり、ふたりの隙間も埋め尽くすほどの深いくちづけになるまでそう時間はかからなかった。

「ん、ふ……っ」

唇を塞がれたまま巧みな愛撫《あいぶ》に翻弄《ほんろう》される。捌《は》け口のない快感は身体の奥まで熱を灯し、暁を一層大胆にしていった。

レオナルドの指が秘めやかな場所に伸ばされる。何度か経験したとはいえ、まだ硬いはずの蕾に指先が宛てがわれた瞬間、まるで恋人を招き入れるようにそこがやわらかに綻んだ。

「ん、ぅん……っ」

残滓《ざんし》の助けを借りてするりと潜りこんだ指先が、そのままゆっくりと内腑を掻き分けて行く。いつからこんなに敏感になったのか、自分の中にレオナルドがいると思っただけで中は淫らに収斂《しゅうれん》した。

それに動揺しながらも、長い指が二本、三本と増やされるたびに腰が揺れる。唇が離れて行った途端、暁はとうとう堪え切れずに恋人を求めた。

「レオ……も、お願い……」

「欲しい？」

「んっ」

首に腕を回し、思い切り恋人を引き寄せる。少しも離れていたくない。早くひとつになりたいのだと言外に告げると、レオナルドはそれに応えてキスを落とした。

「私も早くアキの中に入りたい。このまま私を受け入れてくれるか」

「うん、来て……」

もう何度目かもわからないくちづけを交わしながらレオナルドが押し入って来る。想いの塊を受け止め、隅々まで満たされていく喜びに眩暈がした。

「レオ……熱、い、……」

身体の奥に感じる確かな脈動。求め合い、与え合うことはとてもしあわせなことなんだとレオナルドと抱き合うたびに強く感じた。

うねる内胴をこじ開けるように腰を回され、レオナルドの形を身体が覚えてゆく。下肢を合わせたままさらに深く突き上げられ、恋人を刻みつけられた。

「あ、あぁ……っ」

ストロークはゆっくりと、徐々に速さを増してゆく。それに煽られるように、普段なら口にできないような大胆な言葉まであふれ出た。

「レオ、いい、よ……すごく、気持ちい……」

「私も、アキの中はとても気持ちがいい。熱くて溶けそうだ」

「もっ、と」

ねだられるままレオナルドが腰を引き寄せる。その途端接合部がグイと抉られ、身体の奥深くから湧き上がる快感に暁は声にならない声を上げた。

「レオ……レオ……っ」

ガクガクと揺さぶられ、もはや目を開けていることもできない。感覚を研ぎ澄ましたまま瞬《またた》く間に絶頂へと駆け上がって行く。

「……あ、イ……く……」

途方もない愉悦に全身の血が沸騰する。痛いほど張り詰めた花芯が震える。情熱のありったけを捧げるように最奥を抉《えぐ》られ、身体が一瞬ふわりと浮いた。

「レ、オ……あ、…あぁ……っ」

消え入る声に押し出されるように蜜があふれる。触れられずとも達してしまった羞恥は一瞬のことで、まだ終わらないレオナルドに極めた直後の敏感な粘膜を擦り上げられ、声をなくした。

「……っ、……や、ぁっ」

「アキ……」

収縮をくり返す隘路《あいろ》をこじ開けるように限界まで育った欲望が往き来する。終わらない絶頂に身悶える暁にキスを落としながら、レオナルドは苦しげな吐息を漏らした。

「く、……っ」

抽挿が止まった次の瞬間、最奥に熱いものが注ぎこまれる。身体の奥深くまで彼に満たされ、愛されたのだと思うと胸が一杯になった。

「レオ……好き……。すごくすごく、愛してる」

整わない息の中、やっとの思いで言葉にする。それを受け取った恋人は、思わず見惚れてしまうような表情で「私もだよ」と微笑み返した。

心地よい疲れに身を任せながらあたたかい胸に頬を擦り寄せる。頭上から聞こえるくすくすという笑い声に小さく首を傾げると、恋人が蕩けそうな眼差しで微笑んでいるのが見えた。

「仔猫みたいだな、アキ」

そう言って髪を梳《す》いてくれるのにうっとりと目を閉じる。猫だったらゴロゴロと喉を鳴らしたいくらいしあわせな気分だった。

あの後も思う存分愛し合ったおかげですっかり身体が動かない。「もう腕も上がらないよ」と恋人を睨《にら》むようにすると、レオナルドはしれっと「それなら私が抱いて運ぼう」と宣《のたま》った。

……本当にやってくれそうだから困る。

船内だけならいざ知らず――そんなふうに思ってしまうあたり、自分も大概レオナルドに感化されているのだけれど――港に着いた後も、城に帰ってからでさえ横抱きにされたのでは堪らない。

考えていることが読めたのか、レオナルドは楽しそうに含み笑った。

「アキは私のものだと皆に自慢できる」

「もう。せっかくのハンサムなのに、そんな顔しないの」

「私の顔を気に入ってくれていたとはうれしいな」

眼差しが甘い睦言を要求する。暁はやれやれと大袈裟にため息を吐くと、伸び上がって恋人の頬にキスを贈った。

「顔だけじゃなくて、レオの全部が俺は好きだよ」

「ありがとう。私もだ」

待ち侘《わ》びたようにあちこちにキスが落とされる。やわらかな唇の感触にまたも熱が上がってしまいそうで、暁は恋人を軽く押し返した。

「だめ。休憩中」

「アキは私を焦らすのがうまくなるばかりだ」

さも残念そうに眉を下げるから、おかしくなって噴き出してしまう。ヘッドボードに凭《もた》れていたレオナルドは恋人を抱え直し、あやすようにやさしく髪を撫でた。

「アキ、今日は楽しかった？」

「うん。すごく」

なにもかもが新鮮だった。クルーザーに乗ることも、アドリア海に出ることも、恋人とふたりきりで一日過ごすことさえはじめてだ。そう言うと、レオナルドはうれしそうに頬をゆるめた。

「もっと驚かせてあげられたらよかったんだが……。一日だけだからあっという間だったな」

「忙しい合間を縫って連れて来てくれたんでしょう？　俺は充分うれしいよ」

それに、と暁は言葉を続ける。

「一年半後に戻って来たら、それからはずっと一緒にいられる」

レオナルドとともに在るために、ふたりで人生を重ねるためにここに戻って来ると決めた。

少しでも想いを伝えたいと暁は力の入らない腕で身体を起こす。レオナルドに支えてもらいながら、まっすぐにアメジストの瞳を見つめた。

「その時は俺がきっと、レオをしあわせにするからね」

恋人は万感の想いに目を細める。そんな彼を独り占めできる幸福に胸を震わせながら、暁は誓いのキスを贈った。

唇が触れ合った途端、じんわりとした熱に包まれる。それは厳《おごそ》かな儀式のようにふたりの魂をも結びつけた。

長いくちづけを解き、再び恋人の胸に顔を埋める。「一年半後が楽しみだな」とおだやかに囁く声に同意の意味で鼻先を擦りつけると、レオナルドはくすくす笑いながら擽ったいよと頬を撫でた。

「それなら今度は、もう少し長い船旅をしようか」

「うん？」

「まだまだ見せたいところがたくさんある」

アドリア海に浮かぶ無数の島々を巡り、さらに時間をかけて地中海まで出るのも悪くない。

「なにせ、せっかくのハネムーンだしな？」

「え？　……あ、そういう……？」

頬がかあっと熱くなる。今さらのようにドキドキしてしまい、暁は慌てて胸を押さえた。

レオナルドはそれを得意げな顔で見下ろしている。目が合うなり色っぽいウィンクを投げてよこす恋人に、暁はふと気づいて恐る恐る口を開いた。

「レオ、その……そこまで見越してクルーザー調達したりしてないよね……？」

アメジストの瞳がキラリと閃く。

「さぁ。どうだろうな？」

確信犯が極上の笑みで休憩の終わりを宣言する。
ふたりはまた、甘やかな夜に溺《おぼ》れてゆくのだった。

あとがき

はじめまして、宮本《みやもと》れんです。このたびははじめての新書『アメジストの甘い誘惑』をお手に取ってくださり、ありがとうございました。

私は昔からキラキラ派手なタイプの攻が大好きで、積年の想いをこれでもかと詰めこんで生まれたのがレオナルドです。彼のキャラクターを考えるうちに、同性の恋人と結ばれるなら王位を継がない第二王子→腹黒い第一王子がいると引き立つ→レオナルドに助っ人が欲しい→そっちにもお相手的な誰かを……と芋蔓式にキャラが生まれ、ヴァルニーニはできあがっていきました。一方の暁は、現実をありのままに受け入れるにはどんな環境や経験が必要だろうと考えるところからはじまりました。いつも伸び伸びとやさしい気持ちを忘れないキャラなので書くのがとても楽しかったですし、暁だからこそレオナルドの心を癒してあげられたのかな、と思います。

そんなレオナルドと暁ですが、これから一年半は遠距離恋愛です。それでもこのふたりならきっと時差をものともせずに愛を囁き合ったり、暁の長期休みにはどこかの国で落ち合ってデートしたりするんでしょうね（そしてその裏でアサドが奔走するんですね……）。このふたりは一生ラブラブキラキラしてそうで、その後を思い描くのも楽しいです。

あとがき

余談ですが、今回タイトルには宝石の名前を使いました。本編にはレオナルドの、短編には暁の瞳の色をそれぞれアメジスト、オニキスとして入れています。レオナルドが暁に贈ったペンダントには『真実の愛』という意味をこめていますが、実はアメジストの宝石言葉から取っています。本文には書かないこうした設定を考えるのも楽しかったです。

もう一方の宝石コンビ、アサドとアマーレはどうなるのかなぁ。アサドはレオナルドや母を守る立場上、自分の気持ちをセーブしてしまいそうですね。アマーレも、いつまでも自分を弟としてしか見てくれないアサドに焦ったり、傷ついたりしながら、人を愛することの素晴らしさを学んでいくのかもしれませんね。いつか機会があれば書いてみたいです。

最後になりましたが、素敵なイラストで華を添えてくださいましたＣｉｅｌ《シエル》先生、眼福をどうもありがとうございました。ご指導くださいました担当Ｋ様、その情熱を見習って精進して参りますので、今後ともよろしくお願いいたします。本作の制作販売に関わってくださった方々、励ましてくれたお友達、秘密の同志Ｓ様、支えてくれた家族、そして読んでくださったすべての方へ心から感謝を申し上げます。よろしければご感想など聞かせてくださいね。『声』が一番の心の栄養です。どうぞよろしくお願いいたします。

またお目にかかれますように。

二〇一三年　忘れられない春の終わりに

宮本れん

この本を読んでの
ご意見・ご感想を
お寄せ下さい。

〒151-0051
東京都渋谷区千駄ヶ谷4-9-7
(株)幻冬舎コミックス　リンクス編集部
「宮本《みやもと》れん先生」係／「Ciel《シエル》先生」係

リンクス ロマンス

アメジストの甘い誘惑

2013年4月30日　第1刷発行

著者……………宮本《みやもと》れん
発行人…………伊藤嘉彦
発行元…………株式会社　幻冬舎コミックス
〒151-0051　東京都渋谷区千駄ヶ谷4-9-7
TEL 03-5411-6431（編集）
発売元…………株式会社　幻冬舎
〒151-0051　東京都渋谷区千駄ヶ谷4-9-7
TEL 03-5411-6222（営業）
振替00120-8-767643
印刷・製本所…共同印刷株式会社
検印廃止

ISBN978-4-344-82814-8 C0293
Printed in Japan

幻冬舎コミックスホームページ　http://www.gentosha-comics.net